현대신서
160

자연주의 미학과 시학

조성애 지음

東文選

자연주의 미학과 시학

차 례

머리말

대학을 중심으로 이루어진 프랑스 주류 비평계는 졸라와 자연주의를 대중 소설이나 통속적인 소설로 여기면서 소홀히 다루어 온 경향이 있었다. 특히 자연주의 하면 지나친 묘사로 줄거리의 흐름을 끊는 소설, 인물로서의 특성이 부족한 소설로 폄하해 왔다. 그럼에도 졸라의 작품들이 현대에서도 여전히 많이 읽히는 사실은 그의 작품에 내재된 풍요로움 때문이라고 할 수 있다. 다행히도 1960년대 신비평의 활발한 활동 이후, 졸라와 자연주의에 대해 새로운 시각으로 접근하는 작업이 활발하게 이루어지고 있다. 특히 1960년대 소쉬르 · 마르크스 · 프로이트를 토대로 기호학적 구조주의 비평 · 사회학적 비평 · 심리학적 비평 · 형식주의적 비평이 발전되면서 주제 비평 · 신화 비평 · 심리 비평 · 사회 비평 등의 새로운 방법론적 시각에서 졸라의 소설 텍스트 연구가 심도 있게 이루어지고 있다. 이러한 것들은 기존의 연구에서 많이 다루어지지 않았던 시학적인 측면, 특히 자연주의 작품들의 **형태**(문장작법 · 문체)에 대해 풍부한 시각들을 제공하고 있다. 한국에도 프랑스 자연주의 문학은 프랑스 문학사를 다룬 책들에서 일괄적으로 소개된 편이지만, 이런 책들이 대체로 일반적인 문학사이기 때문에 자연주의만의 독특한 서체의 형성과 같은 시학적 차원에서 충분하게 소개되었다고 할 수 없다. 그러므로 이 책에서는 특히 자연주의 문학의 형태적 차원을 중심으로 자연주의를 정리해 보고자 한다. 사실상 "사실주의 작가들을 포함해 자연주의 작가들은 사회와 문학의 탐구에 열정을 가지고 인간과 사회에 대한 새로운 감각과 형태, 즉 새로운 장르의 미학과 시학을 창조해 낸 이들이다"(라루, 2000:13)라고 할 수 있기 때문이다. 이 책 제I장에서는 19세기 후반 프랑스 사회의 독특한 환경이 자연주의적 텍스트를 탄생시키게 된 배경을 살펴볼 것이며, 제II장에서는 자연주의의 글쓰기 기법, 즉 서체가 어떻게 형성되었으며 어떻게 발전되어 나가는지를 중점으로 보고자 한다. 제III장에서는 졸라의 소설들 중 대표적인 몇 편을 소개할 것이며, 제IV장에서는 졸라의 후계자들의 활동에 대해 내용과 기법 차원에서 소개하고자 한다. 그러나 그 전에 자연주의에 관한 독자들의 이해를 돕기 위해 자연주의의 전반적 행보에 대해 간단히 설명하고자 한다.

자연주의 역사 소고

자연주의 명명: 파리 정복에 나선 도당의 결성

졸라의《걸작 *L'Oeuvre*》(졸라의 데뷔 20년인 1886년 발간)에는 마치 전쟁에 출전이라도 하는 듯, 한 무리의 혈기 넘치는 젊은이들이 파리 시내를 활보하는 장면이 있다. 이 20세 연배의 젊은이들은 파리를 정복하고자 하는 패기만만한 상경민들이다. 이들이 전사처럼 대로를 행진하는 모습은 바로 자연주의 운동의 이미지 그 자체이다.《걸작》에서처럼 파리를 정복하기 위해 나선 '무리 혹은 패거리(horde)'의 이미지대로 자연주의는 뜻을 같이하는 동지들이 점차 모여 형성된 도당(bande)이라고 말할 수 있다. 이 도당의 축은 물론 졸라이다. 그는《테레즈 라캥 *Thérèse Raquin*》두번째 출판의 서문(1868)에서 이 운동을 자연주의라고 명명하면서 1866년부터 1881년까지 이 운동을 이끌어 간다. 발자크 · 스탕달 · 공쿠르 형제 · 플로베르가 자신들의 작품에 새로운 이름을 부여할 생각도 못했던 반면, 이상주의 · 낭만적 감상주의에 맞설 수 있는 깃발이 필요했던 졸라는 자연주의라는 말을 찾아낸다. 이 말은 하나의 도전처럼 울려퍼지며 위스망스 · 모파상 같은 젊은 작가들의 동참을 이끌어 낸다. 플로베르가 졸라에게 투르게네프 · 도데 · 모파상을 소개하면서 졸라 주변에는 작가 그룹이 결성되고 확산된다. 1869년 졸라를 알게 된 폴 알렉시스는 에니크를 데려오고, 세아르는 1876년 그의 그룹에 들어오며 곧 위스망스를 대동한다. 졸라를 포함해 졸라를 중심으로 모인 젊은 자연주의 작가들이 주로 지방 상경민들이며, 가난한 서민층이고 무명의 문학인들이라는 사실은 그 당시 아카데미의 주류를 이루고 있던 파리 출신의 쟁쟁한 문인들(이들은 대중의 도움이나 이해 없이도 예술 활동이 가능한 부유한 상속자들이 대부분이다)과는 아주 다른 점이다. 신참 문학인들이 이들 문학장의 지배 세력과 경쟁하기 위해서는 투쟁적일 수밖에 없는 위치였다. 장르 차원에서도 아카데미파들의 주 장르인 시와는 다른 차별화 정책이 필요했을 것이며 실제로 자연주의 작가들의 주 장르는 소설이다. 경제상의 이유에서도 막 그 존재를 드러내고 있는 대중들의 욕구에 민감하지 않을 수 없는 위치였다. 이들이 논쟁에 불을 붙이고, 센세이션을 일으키는 이유가 이런 점에서도 설명될 수 있다. 졸라·위스망스·모파상을 포함해 자연주의 작가들이 유난히도 자신들의 문학에 대해 선언문을 많이 내놓은 이유이기도 하다.

불붙은 논쟁과 선동

신문기자인 졸라는 단연 이 싸움의 중심이 된다. 그는 1886년부터 《내가 증오하는 것들 *Mes Haines*》을 쓰면서 논쟁을 야기하고 선동자가 된다. 그는 현재를 부정하는 무능한 사람들을 고발하며, 철도와 전신의 시대는 새로운 재능을 요구한다고 외친다. 《나의 살롱 *Mon Salon*》에서 그는 그 당시 진가를 인정받지 못하고 있던 화가인 마네를 옹호하며 강한 어조의 항의문을 쏟아내기 시작한다. 상대편들은 이 논쟁에 끌려들어오고 이들의 비난은 오히려 젊은 비평가의 명성을 높여 준다. 마네는 자신을 옹호하느라 직장까지 잃게 된 졸라에게 감사의 표시로 그의 초상화를 그려 1868년 살롱전에 전시한다. 게다가 자연주의자들이 다루는 대담한 주제들은 퇴폐적·반사회적이라는 이유로 소송과 논쟁에 휘말리게 되면서 오히려 신문과 같은 새로운 대중매체를 통해 논쟁은 더욱 불붙게 되고, 결국에 이들은 자신을 알리게 되는 최고의 광고 효과 덕을 본다. 이들은 이런 새로운 매체의 효과에 민감한 최초의 세대였다고 할 수 있다.

승 리

곧이어 《목로주점 L'Assommoir》이 엄청난 성공을 거둔 시점에 이들 젊은 작가군은 졸라를 플로베르와 공쿠르 형제와 대등한 반열에 놓는다. 플로베르는 《목로주점》이 하층 계급의 속어들을 지나치게 사용한 데 대해 부정적인 반응을 보인 반면, 《엘리자 La Fille Elisa》의 실패에 낙담한 공쿠르 형제는 졸라가 자신들의 작품을 표절했으며 문체를 무시한 덕분에 성공했다고 비난한다. 공쿠르 형제가 《자망고 수사들 Les Frères Zammengo》 서문에서 소설가는 천한 것, 혐오스러운 것, 악취 풍기는 것을 버리고 예술적 서체 속에서 고상한 것, 아름다운 것, 향기로운 것을 정의해야 한다고 설파하는 동안, 졸라 그룹의 젊은 작가들은 대부분 졸라의 《실험소설론 Le Roman expérimental》(1880)을 지지한다. 《실험소설론》의 이론적 바탕을 제공한 클로드 베르나르의 《실험 의학 서설 Introduction à l'étude de la médecine expérimentale》은 수많은 소설의 탄생에 기여한다. 1880년 메당의 졸라의 집에서 모인 이들이 함께 《메당의 저녁 Les Soirées de Médan》이라는 작품집을 내면서 졸라를 중심으로 집결된 이들의 운동은 결실을 거둔다. 1880년은 플로베르의 죽음으로 침울했으나 자연주의적 서사시의 정점이 되는 시기이기도 하다. 《나나 Nana》는 판매 기록을 세우고, 비록 대중과의 더욱 적극적인 교감을 위해 자연주의를 무대에 올리는 실험에서는 실패하지만 자연주의는 모든 장소에 메스를 댄다. 세아르와 에니크는 《보바리 부인 *Madame Bovary*》을 패러디하고(《어느 멋진 날 *Une belle journée*》(1881), 《에베르 씨의 사건 *L'Accident de M. Hébert*》(1883)), 도데는 기업 풍토를 공격하는 《르 나바브 *Le Nabab*》(1878)를, 졸라는 부르주아들의 윤리와 자본주의를 공격하는 《살림 *Pot-Bouille*》(1882)과 《제르미날 *Germinal*》(1885)을 발표한다. 모파상은 《벨 아미 *Bel Ami*》(1885)에서 언론의 내막을 파헤치며, 공쿠르 형제는 《포스탱 *La Faustin*》(1882)에서 여성의 고유한 특성에 관심을 가진다.

피할 수 없는 발전의 법칙

1885년부터 에드몽 공쿠르는 점점 더 젊은 문학도들에게 영향력을 행사하는 졸라에 대한 질투로 일요일마다 자신의 다락방에서 다른 자연주의자들의 모임을 열었다. 졸라의 가까운 측근이 되지 못한 신참자들은 공쿠르에게 의존하고 있었다. 졸라의 《대지 *La Terre*》는 이들이 나설 빌미를 제공한다. 1887년 8월 18일 《피가로 *Le Figaro*》에 봉느탱 · 로니 · 데카브 · 마르그리트 · 기슈의 이름으로 이 외설적인 작품에 대한 비난이 실린다. 졸라는 다른 사람들이 수집한 조잡한 정보들에 만족하고, 의학과 과학에 대해 무지하며, 부적절한 용어를 사용한다고 비난받는다. 아버지 살해와 같은 5인의 선언서는 자연주의와의 결별을 선언한다. 비록 에드몽 공쿠르와 도데가 졸라에 대한 우정을 내세우며 이 일과 무관하다고 주장하지만, 졸라가 이들을 믿어 주는 것은 그 자신도 수에 의한 힘을 원하기 때문이었다. 어쨌든 이 사건으로 자연주의는 계속 전진만을 할 수는 없게 된다.

위스망스는 《거꾸로 *À Rebours*》(1884) 이후 퇴폐적 상징주의의 길을 가고 있었으며, 《저승에서 *La-bàs*》(1891)는 자연주의 사상들의 오물과 유물론을 고발한다. 모파상은《죽음처럼 강한 *Fort comme la mort*》(1889),《우리의 마음 *Notre Coeur*》(1890)에서 심리 소설로 향한다. 자연주의의 죽음을 확인하고 싶은 쥘 위레가 1891 년 실시한 '문학의 발전에 대한 앙케트' 논쟁에서 알렉시스는 "자연주의는 죽지 않는다"고 반박하지만 자연주의 또한 발전의 법칙에서 벗어날 수 없었다. 낭만주의를 뒤이어 사실주의, 그리고 사실주의를 뒤이은 자연주의는 20년 동안 문단을 지배한 끝에 자리를 내주어야 하는 시점에 온 것이다. 젊은 시인들이 자연회귀주의 (naturisme)로 상징주의와 맞서는 동안 졸라는 미래 사회에 대한 메시아적인 예고(《4복음서 *Les Quatre Évagiles*》(1899-1903))로 선회한다. 공쿠르의 죽음(1897)과 졸라의 죽음(1902)으로 자연스레 자연주의는 종말을 고한다. 그러나 1893년《루공 마카르 *Rougon-Macquart*》총서 완료를 기념하기 위해 불로뉴 숲에서 거행된 문학 연회에는 2백 명이 집결하는 놀라운 성과를 보여 주며, 아카데미 프랑세즈에 대립해서 만든 아카데미 공쿠르 상은 매년 자연주의를 기리고 제도 내에서의 투쟁을 가능하게 한다. 결국 자연주의는 시합에서 이긴 것이다.

마지막 영광: 진실의 수호

졸라의 〈나는 고발한다 *J'accuse*〉는 자연주의에 마지막 영광을 안겨 준다. 정치인들이 지지자들을 잃을까봐 드레퓌스 중위를 악마 섬으로 유배시킨 동안 졸라는 무고한 이를 유죄로 몰고 간 반유대주의를 고발하면서 프랑스 전체를 상대로 싸우며 지성인의 양심의 깃발이 된다. 진실의 탐구라는 자연주의의 이상은 실제의 삶에서도 같은 맥락임을 보여 준 것이다. 그가 "공화국은 자연주의적이 아니면 공화국이 아닐 것이다(La République sera naturaliste ou elle ne sera pas)"라고 말한 이유가 여기에 있다. 이 마지막 투쟁으로 자연주의 운동은 문학적 차원을 넘어 인류적 차원의 발전된 의식으로써의 의미를 부여받는다.

사실주의와 자연주의의 차이

자연주의만의 미학과 시학을 말하기에 앞서 사실주의와의 관계를 말하지 않을 수 없다. 어떤 점에서 자연주의는 사실주의의 변이 형태로 간주되기도 하지만, 사실 그 경계란 상당히 모호하다. 사실주의와 자연주의는 동일한 역사적 시기(제2제정과 제3공화국), 세상의 재현이라는 미학적 측면, 소설(중·단편 소설 포함)을 주요 장르로 택한다는 공통점을 가진다. 그러나 이런 경계짓기도 사건 중심의 역사와 예술 형식 중심의 역사 사이의 일치를 전제하는 이상 타당한 구분이라고 보기에 미흡하다. 분명 사실주의와 자연주의라는 용어 사이에는 연속적 관계도 있지만 대립적 관계도 있다. 사실주의에서 나왔지만 자연주의는 자신만의 새로운 이름과 자율성을 부여받고자 하는 신념을 가졌기 때문이다. 또한 샹플뢰리·뒤랑티, 끈질기게 이 유파에 속하기를 거부했던 플로베르가 포함되는 사실주의는 이 시기를 넘어서도 쓰이나 자연주의는 졸라의 미학에만 한정된다는 차이점도 있다. 사실상 사실주의 미학은 현실의 총체적이고 충실한 재건, 경험과 관찰, 체험을 통한 기록의 소설이라는 보편적 특성을 가지나, 자연주의 미학은 과학적 방법에 의거하여 어떤 결론을 내리려는 뜻에서 실험적 소설을 창조한다. 즉 관찰·체험에다 실험과 해부를 포함시킨다고 할 수 있다.

또한 사실주의자보다 자연주의자들이 사회·역사·정치에 더 관심이 많았다는 차이도 있다. 플로베르·공쿠르 형제는 기질상, 그리고 사회적 신분과 예술관으로 미루어 볼 때 정치에는 관심도 없었을 뿐더러 정치적 소외권에 머무른 편이었다. 이들은 사실 행동하기에 너무 나이가 많았으며 자신들이 행동을 유발했든 하지 않았든 간에 쓴다는 사실 자체를 즐기는 미학자들이었으며, 쓰는 것 자체가 행동이라고 생각했다. 존재의 분석보다 사실들을 작업의 조건으로 삼는 사실주의자들의 중성적 기질은 사건 앞에서 일종의 수동성을 보여 주는 한계가 있었다. 플로베르는 역사가의 중립에는 충실하나 참여 정신이 결핍되어 있으며, 공쿠르 형제 역시 문체의 창조를 우선으로 하는 예술가로 남는 것으로 충분했다. 이들 형제가 소설에 서민을 등장시킬 때에 서민은 박물관의 한 조각, 주변적인 어떤 것, 관찰하기에 좋은 호기심의 대상이었다. 반면 졸라의 서민은 변화의 의지를 보이는, 사회의 역동적 구성원으로 등장한다.

사실 정치적으로 혼란스러웠던 제2제정말, 제3공화국 초기 20년간을 살았던 자연주의자들은 시대상 그들의 선배보다 역사와 더 관련될 수밖에 없었다. 모파상·위스망스는 군에 입대했으며, 졸라는 신문에 비판적 글을 쓰던 투사이기도 하다. 이들이 사실주의자들보다 역사적 주제를 선호하는 이유도 과학적 방법을 원한다고 공표한 이상 결과에 대한 원인을 파악하는 것이 중요해지고 그 결과 역사에 관심을 갖는 것은 당연한 일이었기 때문이다. 자연주의 학파의 본질이 진실이라고 선언하는 졸라는 제2제정을 역사의 흐름에 역행하는 거짓 체제로 간주하며 이 시대를 고발하고 반대하는 것으로 나아간다. 계략과 함정의 정치대신 정직한 정치를 원하는 졸라에게서 소설은 현실의 바깥에만 있을 수 없었다. 사실주의가 자연주의로 가게 되면서 진실 혹은 사실을 위한 좀더 적극적인 투쟁으로 나아가는 굳건한 기반을 갖추고 세상에 대한 의식과 행동을 표출하게 된다. 이런 점에서 사실주의가 '동향(mouvement)'

으로 그쳤던 반면, 자연주의는 동향을 하나의 '학파(école)'로 발전시키며 사회 개혁을 위한 행동과 참여를 보다 선호했다는 사실을 이해할 수 있다. 과학과 마찬가지로 문학도 세상을 변화시킬 수 있다는 관점을 택한 자연주의자들은 세상을 변화시키고자 하는 행동주의적 소명을 가진 이들이었다. 당연히 소설에 대한 이들만의 독특한 생각들은 이들의 사회—역사적 · 경제적 · 사상적 배경과 깊이 연결되어 있다고 할 수 있다. 다음 장에서 이런 환경들과 자연주의 미학의 토대가 형성되어 가는 관계들을 보도록 하자.

I

19세기 후반의 프랑스 사회와
자연주의 미학

1. 사회: 격동의 시대와 분할된 사회 계층들

졸라를 포함해 1820-1860년 사이에 태어난 자연주의자들은 혁명의 시기가 잉태한 아들들이다. 이들은 왕정복고 시절(에드몽 공쿠르), 7월 왕정(쥘 공쿠르·졸라·도데), 제2공화정(모파상), 제2제정(자연주의 후계자들)에 태어난다. 쥘 공쿠르를 제외하고는 모두 제3공화정 시절에 사망한다. 이들은 1789년의 대혁명에서부터 시작된 전복의 역사라는 엄청난 격동기 속에서 산 사람들이다. 의회 민주주의를 발족시킨 1830년, 국민 모두(남성)가 투표할 수 있는 권리를 얻은 1848년의 혁명, 다시 공화정에서 왕정으로 후퇴시킨 루이 나폴레옹 보나파르트의 1851년 12월 2일의 쿠데타, 노동자의 권리 신장을 요구한 1871년의 혁명, 그리고 1871년 5월 21일부터 시작된 대살육전으로 피의 일주일이라고 불리는 파리코뮌의 드라마틱한 이야기, 보불 전쟁들은 이 시대가 얼마나 현기증나는 시대였는지 분명히 보여 준다. 그러므로 직접적인 영향을 받았든 받지 않았든 간에 격렬하게 변하는 정치 체제 속에서, 시대의 격동기에서 살았던 까닭에 이들 문학가들이 역사적 인식과 함께 역사와 만나는 것은 숙명적이었다고 할 수 있다.

　　문학과 역사의 만남이 사실주의에서 시작되었을지라도, 이런 새로운 역사적·사회적 급변을 경험한 자연주의 작가들에서 사실상 더욱 힘을 발하게 된다. 《루공 마카르》 총서의 부제가 《제2제정 시대 어느 집안의 자연적·사회적 역사》라는 점은 문학·역사·자연과학과의 통합 욕구를 분명히 보여 준다. 즉 그 시대의 보고서인 소설을 통해 역사가 다원적으로 영향을 미치는 모습을, 자연사 연구와 같은 차원의 과학적인 분석과 해부를 통해 보여 주겠다는 의도이다. 자연주의를 기점으로 역사는 소설의 표현에 적극적인 동기가 되고 소설은 역사 자체로는 가지지 못한 의미를 역사에게 되돌려 주고자 한다. 《루공 마카르》 총서가 바로 앞 시대를 배경으로 한 것은 거리를 둠으로써 이전의 과거를 더 잘 이해하게 되고 현재의 지식들을 재배치시킬 수 있는 한 차원 높은 시각을 갖게 한다. 당연히 졸라의 역사적 관찰은 단순함을 넘어서 변화와 미래를 내포한 역사관을 보여 준다. 《제르미날》이 에티엔이라는 인물이 겪어가는 경험의 여정들을 보여 주는 **성장 이야기**라는 점에서도 이런 점은 분명히 나타난다. 비록 미완성이며 불확실할지라도 어떤 미래를 보여 주는 《제르미날》의 끝은 열려진 미래를 의미한다고 할 수 있다. 이런 결말은 인물들이 시대와 역사에 대해 특별한 감각을 가지고 있다는 점을 분명히 보여 준다. 후기 자연주의의 대표주자인 모파상의 《여자의 일생 Une vie》같이 역사적 사건들이 보이지 않는다고 해서 역사적 통합이라는 의무를 소홀히 했다고 단정짓는 것은 성급한 면이 있다. 이런 역사에 대한 침묵은 오히려 의미가 있다. 소외된 여성과 지방을 다룬 이야기에서 대사건들이 나올 수 없는 것은 당연하다. 시골의 몰락한 귀족의 한 많은 여성의 일대기는 격동적인 이 시대의 역사적 흐름에서 주변인으로 남는 이들의 모습을 엿보게 해준다.

이런 사회-역사적 격정의 시기는, 중세의 그물 같은 길과 골목들을 없애고 현대적 파리를 태어나게 한 오스만의 도시 계획과 맞물려 도시의 사회적 면모를 결정적으로 뒤흔들어 놓았다. 비록 수직적 관계이기는 하지만 부자와 빈자가 한 건물에 공존했던 예전에 비해(건물 맨 위층과 꼭대기 다락방은 가난한 이들의 공간이었다), 오스만 이후 가난한 도시 노동자들은 변두리 주민으로 전락한다. 이런 중심과 주변이라는 공간화는 계층간의 심각한 분할을 예고한 것으로 이런 공간화의 새로운 사회적 존재들은 자연주의자들에게 많은 소재를 제공한다. 졸라 · 공쿠르 · 위스망스는 중심에서 쫓겨나 군대 막사 같은 변두리 동네의 노동자촌에 몰려사는 가난한 이들을 보여 주며(《목로주점》), 이들과 반대로 고급 주택가에 사는 부유층과 천박한 취향의 벼락부자들도 보여 준다(《쟁탈전 *La Curée*》). 이들은 사람들과 상품들이 활발히 교류되는 새로운 지역들을 그리기도 한다. 역 주변(《인간 야수 *La Bête humaine*》)과 시장 주변(《파리의 복부 *Le Ventre de Paris*》)은 도시의 개미떼들의 활약이 맹렬히 펼쳐지는 곳이다.

(1) 하층 계급의 비참

1789년 하층 계급은 오랜 침묵에서 나온다. 1830 · 1832 · 1851 · 1871년에 혁명에 참여한 이들은 더 이상 무시할 수 없는 존재가 되며 이들의 언어 · 풍습 · 문화 항거에 눈감을 수 없는 상황이 된다. 졸라는 《루공 집안의 운명 *La Fortune des Rougon*》 서문에서 자신의 소설은 모든 계급이 향유를 위해 달려들게 만들었던 1789년의 대혁명 없이는 불가능했을 거라고 힘주어 말한다. 그러나 낭만주의 작가들이 죄수를 희생 정신을 가진 인물들로 이상화시키고 매춘부는 죄악을 모르는 순결한 여인으로 묘사해 왔던 반면, 자연주의자들의 《제르미니 라세르퇴 *Germinie Lacerteux*》(1877)·《목로주점》(1877)·《바타르 자매들 *Soeurs Vatard*》(1879)·《제르미날》(1885)은 작업장과 광산촌의 익명의 민중에게 인간의 모습을 돌려 준다. 이들은 말할 권리를 빼앗긴 이들로 하여금 말문을 열게 하고 이들이 외치는 정의의 부르짖음을 들려 준다.

또한 자연주의 소설가들은 장인들과 가까운 전문 기술자 노동자들에게 흥미를 가진다. 제르미니의 마지막 정부는 페인트공이며, 바타르에 사는 여자들은 소규모 작업장에서 일하는 수단 직조공들, 마르트는 인조진주를 만드는 공장의 사무원이다. 이런 노동자들의 환경을 분석하면서 졸라나 위스망스는 중산층의 번영에 가리워진 사회의 이면을 분명히 보여 준다. 대기업의 등장으로 자동화와 프롤레타리아화가 이루어지며 이에 따른 노동자들의 고통이 감지되고 있었다. 《목로주점》에서 이상적 노동자 모델인 구제는 증기기관이 일자리를 빼앗고 자신의 일당이 점점 더 낮아지고 있음을 깨닫는다. 제르베즈의 작업장은 더러운 내의와 다리미질할 때 나오는 증기와 기계장치들이 내뿜는 숨막히는 열기로 탁해진 오염된 장소이다. 노동자들이 밀집되어 사는 변두리 동네들은 끔찍한 잡거 환경으로 악취가 풍기는 곳이다.

《목로주점》의 배경은 소규모 산업체이지만, 도데의 《자크 *Jack*》를 비롯해 1876년부터 대기업이 자연주의 소설에 등장한다. 그러나 도데의 노동자들은 여전히 정치 의식을 갖추지 못한 인물들로 그려진다. 그들은 자신들의 상황에 길들여져 있고 산업재해와 착취에 순응한다. 도데는 인간의 고통스러운 노동을 동정하나 사회적 정의에 대해서는 말이 없다.

도데와는 반대로 졸라는 자본과 노동의 투쟁을 통해 노동자들의 저항을 다양하게 그려낸다. 대기업의 등장과 함께 노동자들의 저항은 성향이 달라지고 단계도 변한다. 《목로주점》의 노동자들이 술꾼들이고 유약한 자들로 노동자들의 개혁 의지는 충분히 발전되지 않는 반면, 《제르미날》에서는 자본주의의 착취에 대항하는 노동자 집단의 투쟁이 쟁점이 된다. 인물의 심리분석과 더불어 경제 체제의 분석으로 나아가고자 한 《제르미날》은 자본의 착취와 노동과의 관계를 신화적 구조를 통해 생생한 육체를 가진 인물로 형상화하는 데 성공한다. 아테네의 젊은이들을 잡아먹는 반인반수의 괴물로 그려진 광산은 자본과 노동의 관계를 먹고 먹히는 관계로 탁월하게 육화시킨다. 그러나 광산은 또한 저주받아 지하로 내려간 자들의 지옥이라는 묘사로 중첩된다. 지옥을 의미하는 타르타로스이기도 한 타르타레는 형벌의 장소로 노동자들의 비참에 대한 부르주아의 의식 구조(노동자들의 가난은 이들의 게으름과 알코올이라는 악덕에 대한 대가라고 생각한다)를 적나라하게 고발한다. 자연주의자들도 이런 하층 계급의 문화와 노동 앞에서 매혹과 동시에 혐오를 느낀다. 비참에 대한 이들의 연구는 노동자의 방탕한 생활을 알리기도 하지만 졸라는 하층 계급을 비난하는 일은 자제하며 이들을 게으름과 알코올로 몰고 간 것은 이들 자신보다 소외된 환경의 결과로 본다. 《제르미날》은 이들의 비참에 대한 사회의 책임에 대해 더욱 진지하게 질문하며, 마지막 장면에서 땅 아래의 광부들은 새로운 잉태를 품고 있는 검은 씨앗의 존재로 상징된다.

경제와 사회에 대한 분석을 넘어 자연주의 작가들은 가난한 계급의 탄생과 결혼, 죽음이라는 이들 문화에 대해 자세히 보여 주면서 이들의 문화 연구에 폭넓은 기여를 한다. 도데는 《자크》에서 지방 여공의 옷가지들을 자세히 묘사한다. 위스망스는 《바타르 자매들》에서 결혼 선물로 받은 데지레의 도자기 식기세트를, 졸라는 수호성인축제날이나 결혼 피로연의 음식들에 대해 자세히 언급한 다. 축제 문화, 하층 계급이 여가를 보내는 방식들·노래들은 자 연주의자들의 소설에서 많은 부분을 차지하며 소개된다. 공쿠르 형제는 하층 계급의 남성들이 여성들에게 춤을 청할 때 보닛의 리 본을 잡아당기는 관습을 묘사한다. 이들을 통해 처음으로 하층 계 급은 그들 나름의 삶과 사랑을 가진 인간들로 그려진다.

　노동자뿐만 아니라 농부들도 자연주의자들의 묘사 대상이 된다. 농촌에서 도시로 온 노동자들의 도시 생활은 플로베르의《보바리 부인》에서도 잘 나타나듯이 이전의 농촌 생활과 결부된다. 엠마의 결혼식을 묘사하면서 플로베르는 여성의 옷치장에 대해 자세히 보여 주는데, 특히 복장에서 사회적 위계질서의 기호들을 자세히 그린다. 모파상은 농부들의 사투리 발음과 문장들을 더 세세히 그 려낸다. 제3공화정 시대는 그동안 승승장구하며 안정된 생활을 누 리던 중산층이 노동자들의 생존 요구 앞에서 불안을 느끼던 시기 였으므로 농부들의 모범적인 이미지는 안정감을 부여해 왔다. 자 연주의 작가들은 바로 이런 이미지를 뒤흔들기 시작한다. 이들은 밀레의 그림처럼 삼종기도 종소리에 일을 멈추고 기도를 바치는 농부라는 프랑스의 이상적인 정신과는 아주 반대되는 난폭하고 신 앙심 없는 인물들을 보여 주었다.《대지》의 농부인 장에게 삼종기 도 종소리는 단지 식사 시간을 알리는 것일 뿐이다. 게다가 졸라 의 농부들은 땅 때문에 살인까지 하는 탐욕스런 인물들이다. 이렇 게 자연주의는 그 시대의 보수주의적인 모든 이념에 반항하는데, 《대지》를 강도높게 비난하는 아버지 살해와 같은 5인의 성명서는 이런 반항에 대한 보수들의 복수를 의미한다고 할 수 있다.

(2) 의심스러운 중산층의 도약

프랑스 대혁명은 자연주의 소설에서 이야기를 이루는 기원이 된다. 루공 마카르가의 시조인 아델라이드 푸크는 1789년에 21세이며,《제르미니 라세르퇴》의 바랑되유 부인은 공포 정치 시대의 아이였다. 7월 왕정과 제2제정의 회귀에도 불구하고 민주주의적 도약은 자연주의 문학의 중추를 이룬다.

그러나 무엇보다도 세상의 유일한 가치가 돈이 되는 세상이 도래한 것이다. 자연주의자들은 사기·폭력·착취의 난폭한 현실을 조명하며, 노동과 절약의 결과로 부자가 된다는 거짓 담론을 폭로한다. 이들은 치부의 저속한 과정을 분석하고 최초로 축적된 자본의 비밀을 밝힌다.《쟁탈전》의 사카르 집안이 치부하는 과정은 절도·속임수·사기·협잡·투기에 근간을 두고 있다. 졸라는 마르크스의 사상과 같은 관점에서 노동만이 부를 생산한다고 믿는다.《제르미날》은 부당하게 낮추어진 임금 때문에 항거하는 광부들에게 군대를 투입시키고 살해에 동조하는 부르주아들의 이기심을 폭로한다. 자연주의자들은 정치와 돈의 결합이 부르주아 사회의 열쇠라고 생각하고 있었으며, 졸라는《쟁탈전》에서 모험가 패거리를 등에 업고 권력을 잡은 나폴레옹 3세가 벼락 출세자들의 쟁탈전을 묵인하는 것을 그린다.《파리의 복부》에서 리자 크뉘는 이 쿠데타를 지지한 서민을 상징한다. 모파상은 제3공화정에서 정치와 금융계의 물고 물리는 관계를 그린다. 모파상의《벨 아미》에서 신문기자 뒤루아는 외무장관의 사주를 받아 허위 사실로 여론을 조작하고 그 과정에서 치부한다. 그는 나중에 외무장관을 실각시키고 정치계에 입문한다. 뒤루아는 여론을 호도하는 지식을 상징한다. 모든 것을 치료하기 위해 모든 것을 알고자 한 졸라는 의사와 기술자들에 대해 상당한 존경심을 표현하나 이와는 반대로 모파상은 지식의 가치의 신화적 성격을 벗겨낸다. 그의 소설에서 엘리트들은 돈을 위해 일하며 어떤 타협도 거부하지 않는다. 거미줄을 쳐놓고 환자들이 걸려들기를 기다리는 거미로 묘사되는 의사, 경쟁 상대를 잡기 위한 방책을 가르쳐 주는 기술자들이 등장한다. 도데 역시 몰리에르처럼 의사를 무능한 파렴치한으로 그린다.

　이처럼 중산층의 윤리는 아주 부정적으로 그려진다. 구트 도르의 집단 주거지를 노동자를 퇴락시키는 곳으로 그린 《목로주점》에 이어 졸라는 중산층의 파렴치함을 적나라하게 열어젖힌다. 명예 · 윤리 · 가정의 수호신으로 대표되는 이들의 가정은 모든 부패와 모든 도덕적 해이가 뒤섞여 끓고 있는 냄비임을 졸라는 보여 준다. 그의 《살림 *Pot-Bouille*》에서 옥타브 무레를 통해, 그리고 서로의 주방이 통하는 안뜰에서 주인들을 험담하는 하녀들의 수다를 통해 중산층 내면의 수상한 모습들이 폭로된다. 교구 건축가의 이중 살림, 여성들의 신경증과 성적인 환상들, 어머니의 야심을 채우는 결혼 전략들, 이런 매춘과 다름없는 결혼 전략은 정숙한 베일로 포장해 주는 종교가 폭로된다. 정신적인 가치는 이처럼 돈의 가치 앞에서 사라지고 새로운 부자들은 자신들을 지켜 줄 군대를 찾는 것과 같은 이치로 교회를 찾는다. 기독교적 애덕은 하녀들의 방을 기웃거리는 데서 완수된다. 하녀들의 삶은 중산층의 위선 · 양식 · 이기주의가 가장 잘 드러나는 곳이다. 벽난로도 없는 하녀들의 다락방은 여름에는 찌는 듯이 덥고, 겨울에는 얼어붙을 정도로 추운 곳이다. 하녀들은 여주인들의 화풀이 대상이며 주인이나 주인 아들의 성적인 노리개가 되지 않으면 항상 배고픔을 면치 못한다. 한겨울 불기라곤 없는 다락방에서 출산의 고통을 겪으며 혼자 아기를 낳았으나 키울 수 없어 결국 아이를 살해한 하녀에게 5년형을 선고한 것을 자랑스러워하며, 이제는 파리를 붕괴시키는 난잡한 생활을 막을 둑을 쌓을 때라고 당당히 말하는 판사는 가증스러운 부르주아를 상징한다.

자연주의 소설들은 이처럼 노동 계급과 평행선상에서 유한 계급의 풍속도를 그려낸다. 이들의 산책로인 불로뉴 숲, 허영으로 가득 찬 여인들이 모이는 유명한 양장점, 사교계의 무도회(《쟁탈전》), 밤의 극장(《르네 모프랭 *Renée Mauperin*》), 폴리 베르제르나 발 마빌의 야회(《벨 아미》《쟁탈전》)와 같은 장소들은 남편들의 성공을 과시하는 유한 부인들의 중요한 문화 활동 무대가 된다. 자연주의는 또한 이들이 즐기는 문화와 예술 유형에 대해 적나라하게 보여 준다. 《살림》의 조스랑 부인은 딸을 결혼시키기 위해 '수채화 기법' 후에 '소나타 기법'을 시도한다. 발테르는 모든 스타일을 뒤섞어서 질이 낮은 절충주의를 만들어 낸다. 외설적인 장면들은 아카데미의 위대한 화가들의 역사화나 종교화가 다룬 주제들과 나란히 놓여진다. 《쟁탈전》에서 20프랑 금화를 사방에 쌓아 놓은 무대 위에 금과 은으로 분장한 인물들을 등장시키는 위펠 드 라누의 연출은 양식 있다고 자부하는 사회의 예술적 취향들의 진면목(즉 예술 작품을 부처럼 축적하고 소유하고자 하는 시대)과 돈이 왕으로 군림하는 시대를 보여 준다. 이 모든 점에서 중산층은 자연주의식의 거울을 통해 자신들을 바라보는 것을 좋아하지 않았다는 것은 당연히 짐작할 수 있다.

2. 경제: 기술 혁명과 상품의 시대에 깃든 행복 신화의 허구

1830년부터 시작된 산업화는 1860년과 1880년 사이에 눈부실 정도로 엄청난 발전을 이루며 특히 기술 혁명은 과학의 진보에 발맞추어 빠르게 이루어진다. 증기기관차(졸라의 《인간 야수》의 중심인물 중 하나)는 과학과 진보에 대한 신념을 실어 나르며, 탄광(《제르미날》에서 인간들을 삼키는 괴물로 육화되어 나타남)은 엄청난 양의 석탄을 생산해 내는 산업의 역군들이다. 이 시대는 당연히 수많은 새로운 상품들·발명품들이 등장하는 시대였으며 매일 새로운 경이를 맛보는 현기증나는 시대였다. 금은 세공품들의 가격은 대중적이 되고 위스망스의 여주인공 마르트가 일하는 곳처럼 인조진주를 만들어 내는 작업장들도 생겨난다. 이런 상품의 범람과 더불어 백화점들이 등장하고 이곳은 중하층 계급이 자신을 중상층처럼 꾸미게 하는 수단을 제공한다. 졸라의 《행복 백화점의 부인들 *Au Bonheur des dames*》은 이런 계층의 심리와 행동 유형을 적나라하게 보여 준다. 기계의 발전과 상품의 범람은 행복의 신화를, 민주적 평등의 신화를 실현시켜 줄 동력으로 인식되나 자연주의자들은 이런 신화의 허구를 가차없이 폭로한다. 백화점·증기기관차·탄광은 인간을 삼키는 식인귀로 그려진다. 그러나 어떤 점에서는 자연주의자들이 바로 이런 기술 혁명과 경쟁적 상품 시대의 수혜자였음을 부인할 수 없을 것이다.

1860년대는 산업 시대로 넘어가면서 출판 기술과 철도의 발전으로 책의 보급이 윤활해지고 독서도 보편화되면서 전업작가의 등장이 가능해지는 시기이기도 하다. 샤르팡티에 같은 출판사들은 대중들을 위해 책값을 낮춘다. 1893년 《목로주점》은 12만 7천 부를 발행했으며, 《나나》는 무려 16만 6천 부에 이른다. 공쿠르 형제나 플로베르와 같은 유산 상속자들과는 달리 자연주의 소설가들 대부분은 지방의 하층 중산층으로 파리로 상경한 이들이었다. 도데는 보병이었고 졸라는 사무원으로 근근히 살고 있었으며 모파상 · 위스망스 · 세아르는 하급공무원이었다. 글쓰는 작업을 뮤즈와 영감받은 시인의 내밀스러운 대화로 더 이상 보지 않는 이들은 글쓰기를 돈벌이가 되는 일거리로 생각한다. 이들 자연주의 작가들이 자신들의 이론을 투쟁적으로 선포하고 소재면에서 적극적으로 차별화를 내세워야 하는 입장이라는 점에서 매춘부 · 노동자 · 군인의 속어에 주목하는 것은 당연하다. 그들은 마케팅에 눈뜬 최초의 작가군이라고 할 수 있다. 바로 이런 이유로 자연주의를 유물론적 예술이라고 브륀티에르는 경멸한다. 그러나 자연주의 작가들은 사회와 인간의 감추어진 면모들과 타락을 고발하면서 그때까지 글쓰는 권리를 독점하고 있었던 부자들에게서 글쓰는 특권을 빼앗아 오고자 했다.

3. 사상: 인간에 대한 새로운 시각들

생물학적 인간에 대한 연구

1850-1890년대의 프랑스 소설들은 유럽에 불기 시작한 자연학 · 생물학 · 심리학의 영향으로 인간의 또 다른 면의 발견에 대해

어떤 점에서는 경악하지만 인간에 대한 신선한 시각에 즐거워한 시대라고 볼 수 있다. 졸라는 새로운 사회, 그가 늘 소설에서 주장하는 대로 모든 사람들이 좀더 평등해지고 안락하게 살 수 있는 변화된 사회를 창조하기에는 그때까지 프랑스 지성계를 이끌어 가던 낭만주의로는 미흡하다고 본다. 낭만주의와 신비주의적인 기독교관은 적극적으로 세상에 참여하기보다 오히려 세상을 부정하고 등지게 만든다고 보며 그런 점에서 세상을 변화시킬 수 없다고 간주한다. 그의 과학적인 인식에 대한 신념은 바로 이런 기반에서 출발한다.

1866년부터 발전되는 졸라의 자연주의는 계몽주의 학자들의 영향과 **신자연과학 시대의 도래**라는 영향을 무시할 수 없다. 특히 자연이란 말은 작가가 인간 행동 속에서 초월적인 것의 개입을 배제하고, 초자연적인 원인들을 끌어들이지 않고 체계의 법칙들로 현상들을 설명하는 것으로 계몽주의의 유물론을 계승한다. 세상의 신비를 드러나게 한 베르트로의 화학, 진화의 법칙들을 발견한 다윈, 의학을 혁신시킨 클로드 베르나르와 파스퇴르 등을 통해 19세기 과학들은 신성한 힘에 대한 사유인 신비로운 세계와 자연적 세계와의 경계를 허문다. 게다가 세기말은 초보적인 단계이지만 졸라의 파스칼 박사를 매혹시킨 **유전학**을 태어나게 한다. 자연주의는 결정론에 지배되는 유물론적이고 동물적인 세계와, 이상주의와 자유의 마지막 피난처인 인간적 행위의 세계를 나누는 경계를 허물기 위해 이들 과학에 영감을 받는다. 곤충을 채집하는 자연주의 과학자들처럼 사실들을 수집하는 자연주의 작가들은 철학적 마네킹처럼 자연을 벗어난 고전적 인간의 추상화(비극의 인물들은 인간 열정들의 정신적인 표현일 뿐이다)와 육체와 정신의 낭만적인 이원성이라는 정신주의 대신 모든 복합성 속에서 인간의 현실을 보고자 한다. 자연주의는 인간이 살고 있는 시대, 환경과 더불어 인간의 생리학의 본능적 힘을 찾아내면서 인간의 통일성을 세우고자 한다. 기독교에서 설명된 신화적 기원의 인간과는 다른 출발점에서 생물학적 기원의 인간, 본능적 기원의 인간을 설명하고자 한 것이다. 인간의 기원에 대해 새롭게 조명하고자 하는 이런 야심은 인간에 대한 심리학적 인식(광기·신경증)으로 나아간다. 《인간 야수》의 인물들은 자신 안에 숨어 있는 조상서부터 내려온 살해 본능 앞에서 망연자실한다.

인간의 골상이나 특성들로 인간의 윤리적이고 지적인 능력을 알아낼 수 있다고 주장하는 **라바테르**(1741-1801)**의 관상학과 갈**(1758-1828)**의 골상학**도 자연주의적 결정론에 많은 기여를 한다. 라바테르에 의하면 이마는 지적인 능력, 코와 뺨은 윤리적인 면과 감수성을, 입과 턱은 본능적인 생활을 반영한다고 한다. 졸라는 《루공 집안의 운명》에서부터 이런 코드를 사용한다. 졸라는 루소를 즐겨읽는 실베르를 위해 '높이 솟은 이마와 두드러진 궁형의 눈썹'을, 미에트를 위해 관능성의 특성들(짧은 코, 넓은 콧마루, 아주 풍만하고 아주 붉은 입술)을 택한다. 발자크에서 이미 찾아볼 수 있는 이런 기호들의 규칙은 모든 자연주의자들에게서 나타난다. 좁고 움푹 들어간 제르미니 라세르퇴의 이마는 매춘부의 전형적인 모습이다. 야심적이나 바보 같을 정도로 관대한 인물인 도데의 나바브는 '좁고 고집 센 이마 위에 뭉쳐 있는 곱슬머리' '아프리카 살쾡이 같은 눈동자 위의 더부룩한 눈썹'과 '야성적인 추함'을 완화시키는 '두꺼운 아랫입술'로 그려진다.

다양한 동물론과 진보론 또한 자연주의에 많은 소재를 제공한다. 다윈의 《종의 기원》(1859)은 자연주의에 '인간 야수'의 소재들을 제공하며 그 중에서 졸라가 가장 적극적이고도 중요한 계승자가 된다. 자연에 가까운 것인지 아니면 비참한 환경과 알코올로 퇴락된 것인지는 몰라도 《목로주점》의 노동자들, 《대지》의 농부들, 《나나》의 매춘부들은 원시적 본능성의 특성을 보여 준다. 쿠포는 즐거운 개와 같고 제르베즈는 잠자리와 파리를 상기시키는 동물적인 면을 보여 준다. 《제르미날》의 장랭은 야만적 본능을 가진 원숭이 같은 아이로 나타난다. 진화론적인 자취도 무시되지 않는다. 공쿠르 형제의 엘리자의 눈썹은 "영양의 두 눈 위에 연결되어 현대 사회에서 방황하는 선사시대 창조물의 표식이다." 위스망스의 데제셍트는 어떤 인물을 보며 인간의 조상의 머리를 상기한다.

다윈의 유전학에서는 특히 재생이 중요하다. 이 이론에서 개인들은 작은 차이들을 드러내고 이 차이들이 선천적이든 후천적이든 후손들에게 전해진다. 환경의 영향 아래 다양성, 종족 또는 가정들이 만들어진다. 한 가정의 모든 개인들은 공통의 특질들을 공유한다. 이처럼 《제르미날》에서 한 가족이 오래전부터 사용해 온 검은 비누는 '종족'의 머리색을 변색시키기에 이른다. 《루공 마카르》라는 종족은 이들의 조상인 아델라이드 푸크의 유전적 결함을 가지고 이제는 자연뿐만 아니라 사회 속으로 뻗어나간다. 유전은 중력처럼 자신의 법칙을 가지고 있다. 졸라는 뤼카 박사에게서 조상의 특성들을 다양하게 조합시켜 유사성을 만들어 내는 **유전과**, 드물게 일어나지만 어떤 혁신을 만들어 낼 수 있는 **생득성**(innéité)이라는 두 가지 법칙을 빌려 온다. 파스칼 박사의 아이가 유전적 저주를 벗어날 수 있다면 아마 바로 이 생득성 덕분일 것이다. 졸라가 유전의 이론을 진지하게 발전시켰던 유일한 작가인 반면, 다른 자연주의 작가들은 열정이나 육체적 결함을 설명하기 위해 이 이론을 동원한다.

이 시대는 또한 **프로이트와 더불어 심리학·정신병리학**에 관심이 집중된 시대이기도 하다. 정신과 의사들은 개인들, 특히 여성들이 잘 걸리는 신경과민 상태가 현대성이라는 너무나 빨리 변하는 흐름 때문이 아닌지 검토한다. 여성들의 심리와 정신적 질병은 자연주의 소설들이 선호한 주제였다. 여성들은 어떤 면에서는 대중을 상징한다. 히스테릭한 여성, 지나친 흥분 상태의 여성 주인공들은 현기증 날 정도로 너무나 빠르게 진전되는 산업과 과학의 시대에 지친 세대를 형상화한 것으로 볼 수 있다. 《루공 집안의 운명》에서 아델라이드 푸크의 외양은 신경증의 모든 특성을 담고 있다. 자연주의 남성 작가들은 여성들 모두 다소간 뒤틀린 성을 보유하고 있다고 본다. 독실한 여성들은 충족되지 못한 성적 욕망을 제단에 헌신함으로써 대체시킨다고 보며, 공쿠르의 제르베제 부인, 졸라의 마르트 무레, 도데의 선교사에 나오는 꼽추 소녀가 그런 점을 잘 보여 준다. 그러나 교회의 힘은 약화되고 졸라는 성실한 여성들에게 현대적 삶이 제공하는 퇴락한 쾌락을 분석한다. 백화점의 유혹적인 애무에 빠져드는 여성들이 있는가 하면 향기로운 장갑을 수집하는 여성도 등장한다. 이루지 못한 욕망을 절도에서 충족시키는 여성도 있다. 나나는 모든 여성의 진실을 보여 준다. 이런 신경증에 대한 강박관념은 자연주의 작가들이 특히 소녀들에 끌리는 것을 설명해 주는데 소녀들의 사춘기는 모든 위험들이 나타나는 순간을 의미한다. 《사랑의 한 페이지》에서 어린 잔은 성에 대한 지독한 두려움에 사로잡혀 삶보다 죽음을 택하며, 결국 폐렴이 악화되어 죽는다.

이 외에도 **열역학**을 본떠 건강에 대한 이론을 제시한 유일한 자연주의 작가가 바로 졸라다. 이 에너지학은 19세기의 번영을 가져오는 증기기관의 출현과 연결되어 있다. 증기기관이 열기를 힘으로 전환시키는 것과 마찬가지로 음식물을 태우는 인간 기계는 이런 에너지를 운동의 형태로 전환시킨다. 과도한 영양·알코올·게으름은 쿠포를 끔찍한 기계로 변화시킨다. 바로 여기서 자연주의 소설은 치료의 소명을 찾아낸다. 이런 모든 지식은 결국 모두 치료하기 위해서이다. 바로 그것이 에밀 졸라의 신념이기도 했다.

자연주의가 문학에 과학을 도입하면서 인간에 대한 총체적 연구라고 주장하지만, "마음을 측정하고 정신을 고백하게 할 수 있는 문학, 열정과 의지 사이의 투쟁, 의무와 사랑 간의 딜레마와 같은 내면성을 다룬 문학이 될 수 있는가"라는 질문을 피할 수 없다. 그런데 사실 생리학과 심리학이 하나가 되는 것은 바로 자연주의 작가들을 통해서이다. 이 점에서 공쿠르 형제가 《제르미니 라세르퇴》에 대해 말할 때 비극에 대해 말하는 이유를 이해하게 된다. 제르미니가 애인을 위해 절도행위를 할 때 그녀는 의무와 열정 사이에 있으나 그녀의 의식이 느끼는 혼미는 우선 육체적 혼미이다. ('그녀는 가슴으로부터 분노가 올라오는 것을 느낀다.') 인간은 무엇보다 육체이며 심리학자들이 대체로 무시해 온 생리적 환경에서 살아가는 감각의 존재이다. 졸라는 스탕달이 《적과 흑 Le Rouge et le noir》에서 쥘리앵이 레날 부인의 손을 잡았을 때 밤의 향기와 목소리, 밤의 부드러운 관능성을 개입시키지 않고 오로지 젊은 이의 내적 독백만을 묘사한 것을 비난한다. 졸라는 《쟁탈전》에서 열정은 사라지게 하고 환경만을 개입시킨다. 르네의 마음에 근친상간이라는 욕망을 불러넣는 것은 바로 불로뉴 숲의 관능적인 배경이며 그녀가 리슈 카페에서 양아들 막심에게 몸을 맡기는 것은 바로 대로에서 올라오는 관능적 쾌락으로 부르는 달콤한 소리이다. 내면성의 부재라는 사회 통념과는 반대로, 자연주의 작가들은 정신의 흐름을 총체적 차원에서 보고자 했다는 것을 알 수 있다. 게다가 자연주의는 자연과 인간과의 생물학적 유사성을 즐겨 묘사하는 방향으로 나아가지만 인간의 동물성을 그리는 데 그치지 않으며 인간의 숭고한 면으로 이어진다. 졸라의 《살림》에서 묘사된 하녀의 그 유명한 고통스러운 출산 장면은 동물적인 인간이면서 동시에 창조에 이르고자 하는 인간의 고통을 통한 승화를 보여준다.

지금까지 자연주의 미학의 바탕이 되었던 사회적 · 경제적 · 사상적 · 과학적 배경에 대해서 설명하고자 했다. 사회학과 과학이라는 말을 자주 쓰며 문학적 방법에 과학적 방법을 적용한 자연주의자들의 독창성은 상상과 더불어 관찰, 내면 성찰과 더불어 사물에 대한 구체적 비전을 가졌다는 데 있다. 이들의 현실에 대한 관찰은 그 시대가 요구하는 것이기도 하다. 이들보다 앞서 현대성을 정의한 보들레르와 일맥상통하는 면이 있다. **보들레르**에 의하면 예술의 한 부분이 영원하고 불변한 것이라면 다른 한 부분, 즉 **현대성**이란 일시적 · 순간적 · 우발적인 면이다. 이런 순간적인 것을 제거하면 추상적인 미의 허무로 떨어질 수 있음을 경고한다. 그의 현대성의 미란 불완전성이고 미완성이며 새로운 예술적 이상을 밝힌다. 이 현대성의 미는 바로 재현과 관계된다. 재현은 미를 추상에서, 보편성 · 완성의 덕에서 구해낸다. 졸라가 '**예술 작품은 삶의 딸들**'이라고 했을 때 보들레르의 생각과 크게 다르지 않다. 졸라는 예술은 더 이상 보편성을 지향하지 않는다고 말한다. 예술의 미는 자신들의 시간과 일치하는 데 있다고 말한다. 사실주의에 뒤이은 자연주의를 통해 역사의 시간과 현실의 시간으로 들어온 인간의 이야기가 펼쳐진 것이다. 다음 장에서는 자연주의식의 문장작법이 형성되어 가는 과정과 실제 예들을 구체적으로 보고자 한다.

II

자연주의 시학

진실과 재현의 문제

《라루스대백과사전》에서 자연주의는 현실을 이상화시키는 모든 것을 금지하는 학파, 인간에게서 자연과 자연의 법칙에서 나오는 모든 면을 강조하는 학파라고 정의된다. 뒤랑티는 "사실주의(1856)는 우리가 살고 있는 사회 환경, 시대의 거짓없이 정확하고 완전한, 진실한 재생"이라고 한다. 공쿠르 형제는《제르미니 라세르퇴》의 서문(1867)에서, "소설이란 열정적이고 진지한 형태의 문학 연구와 사회 연구이며, 분석·심리학적 연구로 현대 소설의 역사가 되고 과학의 임무를 자신에게 부과한 이상 소설은 과학의 자유와 면죄권을 요구할 수 있다"고 밝힌다. 졸라는 〈자연주의 소설가들〉(1875)에서 자연주의 소설의 제일 특징은 '**생활을 정확히 재생하고 모든 소설적 요소를 제거하는 것**'이라 밝히고 있으며,《실험소설론》(1879)에서는 인간을 분석하는 소설가의 영역에 과학이 들어왔고, 소설가는 과학과 실험의 생리학자이며 과학적 생리학을 완성하기 위해 과학적 심리학을 해야 하고, 작가란 현실에 대한 감각을 가진 이로써 보는 능력은 창조의 능력보다 우월하다고 공언한다.

사실주의와 자연주의 작가들에게 있어 예술가의 재능은 보고 재현하는 것이 관건이다. 이 점에서 작가와 연대기 작가와의 경계는 분명하지 않다. 이들에게는 사실상 형식이나 문체를 위해 싸우는 것보다 정확성과 진실을 위해 싸운다는 것이 더 중요하다. 작품의 가치는 정확성에 달려 있으며 정확성은 미의 차원으로 합류된다. 이들이 가장 요하는 것이 명료함이다. 모파상이 《피에르와 장》의 서문에서 밝힌 점이 바로 이것이다. 재현의 정확함이 첫째 관심사이고 예술은 그 다음이다. 이런 재현의 경향은 역사에 대한 관심과 연결되며 그 시대의 흐름을 반영한다. 이 시대는 엄청나게 발달되는 저널리즘과 출판업의 시대로써 예술 작품의 재생이 시작되는 시대이기도 하다. 이들 작가들을 가장 많이 비난한 부분이 바로 단순한 사진사라는 점이다. 사실주의를 포함해 자연주의를 비난하는 많은 작가나 문학자들은 맥빠진 '인용 문학'(프루스트), '공허하고 얼빠진 소리들'(플로베르), '근시안적인 시각으로 사실주의라는 모호하고 난삽한 용어 뒤에 숨어 버리는 일단의 저속한 예술가들 무리'(보들레르)라고 비난하였다. 대중과 같이 호흡한 예술임을 주장하는 동시에 이런 비난 앞에서 새로운 미학으로서의 정당성을 찾고자 했던 까닭에 자연주의 작가들은 유난히 선언서를 많이 쓴 이들이기도 하다. 공쿠르 형제는 《제르미니 라세르퇴》의 서문에서 자신들의 시도가 역사의 흐름과 일치한다는 점을 강조한다. 이들은 '보통선거, 민주주의, 자유주의의 시간인 19세기에 살면서 하층 계급이 소설에서 다루어질 권리를 갖지 못했다는 사실'에 대해 질문한다. 하층 계급에 대해 쓰는 자신들은 바로 시대의 정신에 부합하며 시대의 진실을 드러낸 것이라고 말하고 싶은 것이다.

그러나 고전주의 · 낭만주의를 포함해 모든 새로운 예술들의 분기점이 되는 것은 바로 사실임직함(또는 진실임직함, vraisem-blance)의 미학이었고 새로운 예술의 시작은 언제나 예술에 있어서의 더욱 위대한 진실을 내세우고자 하는 투쟁에서 비롯되었다는 점을 이해해야 한다. 고전주의나 낭만주의 할 것 없이 모두 나름대로 자신이 속한 시대의 관점에서 진정한 삶을 보여 주려고 한 것이다. 바로 작가 나름대로 계획을 가지고 기존 관념들을 변형시키려는 의지 안에서 모든 사실임직한 예술의 형태가 태어난다. 물론 이러한 진실에 대한 쟁점은 19세기 후반 자연주의자들의 사실주의-자연주의 운동과 일치하면서 더 분명히 **투쟁적인 방향**으로 들어서게 된다고 할 수 있다. 이제 예술과 삶에 대해 자신들만의 정의를 내리고자 했던 자연주의자들이 **어떻게 이런 사실임직함에 도달하는지** 이들의 어떤 방식을 이해하는 것이 필요하다. 이들은 사실에다 새로운 감각을 창조해 냈고 이 감각을 새로운 형태로 태어나게 했다. **새로운 장르의 미학과 시학의 창조**에 기여했던 이들 소설들의 소재들과 이 소재들이 짜여진 방식을 살펴보는 것, 이들만의 독특한 문장작법을 아는 일은 자연주의의 평가에 있어서 중요한 일이라고 할 수 있다.

1. 자연주의 서체의 문학적 원천

언어의 시적 기능에 대한 1920년대의 러시아 형식주의자들의 관점은 언어를 반영의 도구, 재생의 수단을 넘어 자체 내에서 인지되는 자율성을 가진 것으로 본다. 문학도 이 언어와 마찬가지이다. 세상에 대해 말하면서 문학은 이 세상 안에서 자기 고유의 존재로 살아간다. 바로 여기에서 우리는 자연주의적 발화행위의 유형에 대해 알아보아야 할 것이다. 자연주의 작가들은 그 당시 주류 장르인 시가 아니라 소외되어 있었던 소설이라는 장르의 코드를 가지고 처음으로 형성된 대중–독자층에게 다가서면서 산업 문학의 시대로 들어간다. 세상을 진지하게 바라보는 이들은 클로드 베르나르의 방법론을 소설에 적용한 《실험소설론》을 내세운 졸라를 중심으로 소설에 완전히 특이한 존재 방식을 부여하면서 작업하고 말하는 방식을 형성한다.

  우선 졸라를 포함해서 자연주의 작가들의 작업하고 말하는 방식에 영향을 준 선배 문인들에 대해 보고자 한다. 이들은 **자연주의의 사회학적 모델과 형식적 모델**이라는 두 가지 차원에서 자연주의를 탄생시키는 데 기여한다. 자연주의는 자연과학에서 모델을 취하지만 사회학적 개념도 가진다. 자연주의는 현대적 합리주의에서 나오며 인간을 사회 속에 다시 위치시키면서 사회적 삶을 연구의 중요 대상으로 삼는다. 바로 그런 점에서 자연주의는 사실주의와 연속선상에 있다. 쥐라 지역 한 마을 모든 주민들을 등장시킨 쿠르베의 〈오르낭의 매장〉을 기점으로, 현대적 삶의 연대기에서 심리 소설을 시작한 스탕달, 1846년에 소설의 자연주의자들에 대해 말하면서 왕정복고와 7월 왕정 시대 풍속의 역사를 《인간 희극》으로 만든 발자크, 1865년부터 《제르미니 라세르퇴》에서 알코올 중독자인 하녀의 마음을 탐색하는 공쿠르 형제, 이들에게서부터 자연주의자들은 한 시대, 한 사회 전체를, 어떤 사람, 어떤 사물도 거부하지 않는 사회학적인 인식으로 나아간다. 자연주의의 해부 아래 그때까지 문학에서 배제되어 온 농부·노동자·창녀와 같은 모든 서민층이 등장한다. 고전주의와 낭만주의가 예외적인 인물들, 특이하게 두드러지는 인물들에 주의했다면 자연주의는 어떤 인물이라도 주인공이 될 수 있다고 본다. 이들을 깊이 파헤치면서 감정과 열정의 모든 톱니바퀴들이 작동되는 어떤 드라마를 찾을 수 있을 거라고 생각한다. 단순한 삶의 단편, 한 존재의 단조로운 삶, 세탁부(졸라의 《목로주점》), 지방의 초라한 귀족 부인의 이야기 (모파상의 《여자의 일생》)도 이런 관점에서 완벽한 연구 대상이 될 수 있다.

사실 지금까지 자연주의에 대한 설명이라면 주로 이런 사회학적 선택을 다루었다고 할 수 있다. 그러나 이런 자연주의의 사회학적인 계획은 바로 공쿠르 형제, 플로베르의 미학적 표현의 장과 합류하게 되면서 고유의 독특한 문체와 형식으로 발전되어 나간다. 단조로운 지방 소도시 중산층의 삶을 연속적으로 그리면서 거의 주제를 배제한 채 똑같이 밋밋한 인물들의 단조로운 색채 속에서 사건들을 없앤 플로베르의 문체는 졸라에게 형식면에서 많은 영향을 미치게 된다. 졸라의 자연주의를 온전히 이해하려면 그가 사회를 인식한 방식과 문학적 형식을 인식한 방식이라는 두 차원에서 보아야 할 것이다.

자연주의자: 과학자−시인

졸라의 자연주의의 진정한 의미는 사회학적 인식에서 문학적 형태에 대한 인식으로 나아가면서, 단번에 형성된 것이라기보다 선배 문인들의 영향, 사회 전반의 경향 등과 맞물려 서서히 형성된 것이라고 할 수 있다. 졸라가 최초로 자연주의라는 말을 쓴 것은 《테레즈 라캥》(1867)의 두번째 발행 서문에서이다. 이 소설이 발표되면서 일어난 활발한 논쟁 이후 그는 자신을 자연주의 작가 그룹에 속한다고 주장하나 이 집단의 정체성이나 그 말의 의미를 분명히 밝히지는 않았다. 우선 1866년 8월 19일 《레벤느망 L'Evéne-ment》지에 실린 텐에 관한 그의 글에서 자연주의에 대한 첫번째 정의를 엿볼 수 있다: "텐은 심적 사실들을 연구할 때 순수한 관찰,

자연적 사실의 분석에 사용된 정확한 분석을 시도한 혁신적인 소수 그룹에 속한다. 그에게서 정신적 세계는 물질적 세계처럼 어떤 법칙들을 따른다고 보는 자연주의 철학자의 모습을 볼 수 있다 ……." 또한 1866년 2월 23일 《르 메모리얼 덱스 *Le Mémorial d'Aix*》에 〈소설에 관한 두 가지 정의〉라는 제목의 글에서는 발자크를 현대적 형식의 발명가로 보고 있다: "발자크에게 소설에 대해 정의해 달라고 요구했다면 그는 분명히 이렇게 말했을 것이다: 소설은 일종의 정신적 해부 개론서, 인간적 사실들의 수집 편찬, 열정들을 실험하는 철학이다……. 외과의처럼 인간의 상처들을 들추어 낼 때 수치도 혐오도 가지지 않는다. 소설가는 진실에 대한 생각만을 가진다……. 현대 과학들은 그에게 분석과 실험적 방법이라는 도구를 주었다." 자연주의의 의미 그대로 자연을 관찰하는 과학자의 태도를 중요시한 이런 글과 비슷한 시기에 발표된 졸라의 문학 비평들은 몇몇 작가들을 자연주의 작가들로 분류하며 자연주의 문체에 대한 그의 심화된 생각들을 보여 준다. 1865년 2월 24일 《르 살뤼 퓌블리크 드 리옹 *Le Salut Public de Lyon*》에서 그는 공쿠르 형제의 《제르미니 라세르퇴》를 열렬히 옹호한다: "이 책에서는 발자크와 플로베르의 숨결을 알아볼 수 있다. 여기서 분석은 《외제니 그랑데 *Eugénie Grandet*》를 쓴 작가의 통찰력 있는 섬세함이 보인다. 묘사·배경들에서 《보바리 부인》의 작가의 광채와 열정어린 진실이 보인다." 1866년 《레벤느망》지에서 졸라는 플로베르를 '단순한 해부학자, 화학자 시인, 기술자 화가' 로서 심적이고 육체적 사실들을 분석하며 기질과 환경의 작용을 설명한다고 쓰고 있다. 이런 글들을 통해 볼 때 졸라의 자연주의를 태어나게 하고 완성시킨 것은, 과학적 인식의 방법과 더불어 예술적 문체의 모델을 보여 준 발자크·공쿠르 형제·플로베르임을 알 수 있다.

졸라의 미술 비평 또한 새로운 형태의 문학에 대한 기대를 보여 준다. 미술을 포함한 문학의 분석은 더 이상 규범을 제정하고 이상적 미를 정의하는 것이 아니라 문체와 주제들의 객관적인 변화를 이야기하는 것이어야 한다. 작품을 작품이 속한 민족 · 시대 · 환경에서 설명하고자 하는 텐을 미흡하다고 보면서 그는 기질의 개인적 재능을 주장한다. "스승이 우리들을 이끈다면 학파는 쇠퇴한다"고 보는 그가 마네를 적극 옹호한 것은 바로 이 화가가 스승들이 보여 준 기존의 모델들을 따르지 않고 규범들을 파괴했다고 보기 때문이다. 그는 길들일 수 없는 기질과 대중은 언제나 투쟁하는 관계라고 정의하면서 기질을 옹호하고 대중을 공격해야 한다고 말한다. 졸라는 '예술 작품이란 기질을 통해 본 자연의 일부'라고 하는데, 그가 말하는 기질은 바로 개인의 창조적 문체에 해당한다고 볼 수 있으며 바로 그가 플로베르 · 공쿠르 형제 · 스탕달의 독창성을 받아들이는 기점이 된다. 이들 선배 작가들을 좀더 자세히 보면서 이들이 졸라의 자연주의 서체에 기여한 부분을 정리해 보도록 하자.

1) 빅토르 위고(1802-1885)

졸라가 직접 영향받은 작가들을 보기 전에 위대한 낭만주의 작가 위고에 대해 간단하게나마 말하지 않을 수 없다. 그의 소설에 대한 생각들은 바로 사실주의를 열고 자연주의의 미학에 근본적인 영향을 미치기 때문이다. 사실주의는 낭만주의에 대한 반작용으로 시작되며 졸라도 낭만주의의 수사학과 순수한 사실주의적 진실의 요구를 대립시킨다. 졸라는 낭만주의자들의 언어는 과장되어 있고 허공에 세워진 것으로써 절대를 향해 꿈꾸는 나머지 현실을 거부하므로 현실을 개혁할 수 없는 언어라고 본다. 이런 대립은 졸라의 《걸작》의 주제가 된다. 그럼에도 실상 19세기의 사실주의는 낭만주의에서 나왔으며, 낭만주의의 영향에서 완전히 벗어날 수도 없었다.

대혁명 이후 모든 것이 불확실해지고 세상과 인간을 잇는 주관성의 절대적인 힘에 대한 불신이 높아지면서 낭만주의는 그 힘을 잃어가고 있었다. 바로 이런 시기에서 위고의 《크롬웰 *Cromwell*》 서문(1827)에서 설명되는 **숭고미와 괴기미**는 통일성을 찾는 새로운 과정이며, 인간과 예술의 새로운 상황을 설명하는 방식으로 제시된다. 기독교적 관점에서 괴기미는 인간 야수를, 숭고미는 영혼을 의미한다. 예술이라는 한 몸에서 나온 이 두 가지는 현실을 가운데 두고 섞이지 못하고 분리되어 왔다. 괴기미라는 이름으로 위고가 발전시킨 추의 미학은, 현실이란 때때로 추할 수 있기 때문에 숭고미만으로는 창조 전체를 완전히 설명할 수 없는 상황에서 우리가 놓쳐 버린 전체를 볼 수 있게 한다. 그러나 비참한 밤은 영혼의 빛을 드러내기 위해서이다. 그런 점에서 추의 미학은 숭고미를 탄생시키며 추를 통해 인간의 완전성을 회복하면서 현상들의 외피에서 숭고함을 끌어내는 방법이기도 하다. 추의 미학의 공헌은 인간이 아닌 인간을 둘러싼 것에 대해 고찰케 하면서 미학의 영역을 확장한 데 있다. 이런 추의 미학은 바로 자연주의자들이 탐구하는 주제들(인간 야수 · 열정 · 악덕 · 범죄 · 광기 · 살인 욕망 · 신경증 등)로 발전된다. "괴기미를 통해 단절, 일관되지 않음을 고찰하는 것은 현대적이고 대중적이다"라고 위고는 말하는데, 바로 이 점이 졸라가 그에게서 물려받는 유산이기도 하다.(참조: 라루, 2000: 78-79)

1862년 엄청난 대중적 성공을 얻는 위고의 《레 미제라블 *Les Misérables*》은 그의 추의 미학이 적용된 작품이다. 자연과 인간에 대한 방대한 묘사, 심리적 요소들이 많이 고려되고 서민 계층의 풍속이 즐겨 묘사된 이 이야기는 바로 어둠의 심연을 뚫고 빛으로 나아가는 구원의 이야기이다. 위고의 추의 미학의 비밀은 바로 부활에 있다. 육체는 고통을 겪거나 비천하더라도 영혼이 머무는 곳이다. 그러므로 장 발장같이 세상 경계 지역에 사는 가장 비참한 이들이 바로 새벽을 불러올 수 있는 이들이라는 것이다. 작가=장 발장은 수렁에 빠진 후 빛을 만들어 내는 일, 바로 구원에 참여하는 임무를 띤다. 그들은 최상의 조화를 향해 가는 이들이며 통합의 형태를 재건하고자 한다. 비록 《레 미제라블》이 풍부한 관찰, 상상적 내용, 낭만적 이야기 속에 매우 드높은 정신주의의 메시지를 전달함에도 불구하고 심리적이며 사회적인 연구를 토대로 한 소설로서는 환상적인 내용이 적당하지 못하다고 플로베르 · 공쿠르 형제 · 졸라와 같은 신세대 작가들에게 비판되었을지라도 이들 작가들이 괴기미를 통해 인간 속에 내재된 어둠의 힘을 드러내게 하는 데 중요한 기여를 했음을 부인할 수 없을 것이다.

2) 스탕달(1783-1842)

졸라는 약간은 망설이면서도 스탕달을 자연주의 작가의 대선배로 분류한다. 그는 스탕달이 육체에 대해 몰랐으며 정확한 재현으로 보기에는 많은 것이 생략되어 있다고 본다. 사실 스탕달의 작품은 비참을 표현하지도 않으며, 일상적인 사건들과 평범함이 결핍되어 있다. 그럼에도 《적과 흑》은 분명히 사실 재현에 대한 논쟁을

시작하고 있다: "소설이란 대로를 걸어가는 거울이다. 때로는 창공을 비추기도 하고, 때로는 진흙탕 길을 비추기도 한다. 이 거울을 채롱에 매고 가는 사람을 부도덕하다고 비난할 것인가?"(《적과 흑》2부 19장) 스탕달은 작품이 추한 것이 아니라 세상이 추한 것이며 따라서 세상을 교정하려면 지켜봐야 한다고 말한다.

사실 《적과 흑》은 현실의 추한 면을 드러내려 애쓰지만 괴기미보다 숭고미의 차원이 더 비중을 차지하기 때문에 스탕달 작품의 사실주의 차원에 대해서는 신중하게 고려되어야 한다. 그는 사실상 재현파에게 다른 차원의 방향을 제시한다고 할 수 있기 때문이다. 스탕달의 계획은 다른 세계로 향하기 위해서이며, 미학적 즐거움을 위해 현실의 무게와 폭력에서 해방되는 것이다. 바로 그런 점에서 힘과 정열, 더욱이 공포와 폭력에 대한 열정은 불협화음과 추함을 끌어낼 수 있었고 거의 고전적인 미에 가깝다. 괴기미를 숭고미로 전환시키는 위고가 윤리적이고 종교적인 성향이었다면 스탕달의 경우는 미학적 차원에서 이루어진다고 할 수 있다.

스탕달의 《적과 흑》에서 보여진 현실 재현의 현대성은 인물의 창작 방식, 즉 자신의 방식대로 인물을 만들고 이들을 중심으로 소설을 구성하는 데서 분명히 나타난다. 쥘리앵 소렐이란 인물은 군중들과는 구별되는 데서 어떤 거리를 보여 주며 세상의 파란만장한 사건들은 그를 통해 여과되어 나타난다. 즉 대중과 거리를 두고, 이들의 저속성을 경멸하며 이들과 구분되고자 하는 쥘리앵을 통해 세상에 들어가는 대신 세상을 주시하게 만드는 미학적 거리를 만들어 낸 것이다. 세상의 사건들의 명확한 재현보다 이런 거리를 통해 섬세한 심리를 담아낼 수 있는 독특한 색조가 발전되었다고 볼 수 있다. 그를 통해 심리학적 작가이며 사실주의의 특별한 색깔을 보여 주는 스탕달만의 미학적인 참여를 볼 수 있다.

열정·위선·야심으로 가득 찬 인물인 쥘리앵 소렐은 심리학적 용어로 특징지을 수 있다. 이 세 가지 특성은 도덕적인 것과는 다른 현실을 보여 준다. 한마디로 그는 민주주의 시대의 인물이고 잠재성을 지녔으며, 자신의 방식으로 운명을 개척하고자 하는 인물이다. 그는 자신과 같은 계층의 사람들에게는 관심이 없으며 이들의 왜소함과 저속함을 경멸한다. 그는 이들과 구별되는 자신의 영웅적인 이상을 바로 귀족 계급에서 본다. 자신이 속한 계층을 바라보는 쥘리앵은 그들과 다른 자신을 알게 되며 스탕달은 바로 그런 그에게서 숭고미를 끌어낸다. 다른 이들과의 구분은 자신에 대한 생각으로 끝없이 이끌며 다른 본보기들을 필요로 한다. 그가 감옥에 있을 때에도 파우스트와 메피스트의 목소리가 들린다. 그런 점에서 쥘리앵은 다른 이들을 모방하는 우스꽝스러운 면을 보이며, 언제나 자신이 추구하는 영웅적 모델과의 괴리를 느끼는 인물이다. 그가 레날 부인의 손을 잡는 장면에서도 보이는 희극적 효과는 사실주의와 자연주의 기법에서 많이 사용되는 문체의 혼용기법인 진지한 동시에 희극적인 패러디(패러디는 기존의 진지한 일의적인 해석을 전복시키고 해체시키기 위해 사용된다)와 유사하며, 이를 통해 소설이 현대적 조건에 대해 진지하게 성찰하게 하는 데 기여한다. 자신과 자신의 이상과의 불일치로 인한 병적이고 사악한 쥘리앵의 이중성은 죽음을 통해 인격분열과 모든 매개체에서 해방되며 마침내 자신과 일치하게 된다. 그를 통해 이 소설은 현대적 상황에 대해 엄정한 성찰을 요하는 사실주의 소설의 범주에 들게 되며 차후 자연주의 작가들에게 막중한 교훈이 된다. 졸라가 망설이면서도 스탕달을 자연주의 작가 계보에 놓는 이유가 바로 여기에 있다.

3) 오노레 드 발자크(1799-1850)

자연주의 기법에 지대한 영향을 준 작가는 바로 발자크이다. 그의 《인간 희극》은 인간성과 동물성의 비교라는 이상과 더불어 거기에서 기인하는 분열에서 시작된다. 이런 비교를 기점으로 자연의 구성과 같은 일치성을 세우고자 한다. 이런 목적하에서 작품들은 여러 단계로 구성되는 거대한 체제를 세우려는 야심 속에서 이루어진다. 풍속 연구에서 결과를, 철학적 연구에서 원인을, 분석적 연구에서 원칙들의 연구로 이어진다. 각 단계들은 층을 형성하며, 각 층은 앞의 층을 압축시키거나 중첩되면서 작품은 하나의 거대한 건축물로 세워진다. 건축에 대한 은유는 발자크가 자신의 계획을 언급할 때 가장 많이 쓰이는 것이다. 분석적 연구는 미완으로 끝난 이상 잘 알 수 없으나 졸라의 《4복음서》에서 보여지는 마지막 유토피아처럼 작품의 이념적 부분을 형성했을 거라고 보여진다. 이 중에서 풍속 연구가 가장 사실주의적인 작품이 된다.

그러나 발자크의 현실은 관념의 언어이며 현실의 재현은 해석을 목표로 하는 것이 아니라, 이들의 질서를 보여 주는 것이 목적이다. 바로 그런 데서 그림들을 전시하는 방들과 같은 배치 구조가 나타난다. 사적 생활의 장면들, 지방 생활의 장면들, 파리 생활의 장면들, 정치적 삶의 장면들, 군인의 삶의 장면들, 시골 생활의 장면들이 차례로 나타나는 것 외에도 삶의 첫 순간에서, 최초의 감동들, 청소년기, 장래성, 성숙기, 이끄는 사람들과의 관계, 움직임 후의 휴식, 내부 묘사 다음의 외부 풍경, 파리의 번잡한 생활 후의 전원의 온화한 삶이 이어진다. 그러므로 전체는 어떤 여정이 되며 방향이 정해져 있다. 발자크의 세계는 항상 연속의 용어로 설명될 수 있으며, 로만 야콥슨에 의하면, 부차적인 특성에 따른 특징부여보다 논리적 귀결로 이끄는 인과 관계가 그의 사실주의 특성이라고 할 수 있다. 그런 점에서 그의 인물은 하나의 현대적 유형, 새로운 어떤 부류의 총체를 보여 준다. 이런 역사적인 요소 덕분에 사실성의 의미를 지니게 된다.

위고와 스탕달처럼 발자크의 작품도 서사시의 영향 아래에서 전개되는 동시에 **민주주의 시대의 인간 조건에 대해 현대적**으로 숙고하고 있다. 대혁명 이후 인간(시민)의 권리 선언과 함께 개인은 권리와 자유를 갖고 있다고, 즉 잠재성들로 구성되었다고 느끼기 시작한다. 여론과 표현의 자유를 확신하는 이 선언은 실상 부르주아의 낭만적 존재를 암묵적으로 인정하고 있었다. 이런 개인을 형상화한 소설의 인물들은 차이를 원하며, 더 풍부한 감정 교육을 원하고 전능의 느낌을 내면화하는 것이 특징이다. 덧없는 것이었으나 세상을 잠시 장악한 나폴레옹류의 서사시−소설들은 이런 개인의 등장과 19세기의 무의식을 형상화한 것이다. 이는 소설 장르가 성공을 거둔 세기였다. 소설은 자아실현을 위해 찾아 나서는 개인의 존재에 대해 새롭게 깨닫게 해주는 탁월한 장르였다. 예를 들어 발자크의 곱섹(Gobseck)이라는 인물은 발자크의 사실주의의 이중적 면을 분명하고도 충분하게 보여 주는 인물이다. 그는 서사시적 영웅으로서, 세상을 돌아다닌 모험가로 소설적 인물이기도 하다. 사회의 피라미드적 위계질서는 붕괴되고 사회는 분자화된다. 오직 돈의 순환만이 사회의 응집력을 보존하는 것 같았다. 돈은 소설이 고려할 수 있는 유일한 현실로 나타날 뿐만 아니라 그 시대의 상징이며 소설적 쟁점의 표현이었다. 많은 돈을 번 곱섹은 황금의 힘을 구현한 인물의 환상적인 이미지로 모든 것을 즐겼다. 권력·쾌락·예술·과학 등 모든 것이 그에게 허락되었다. 그는 잠재성 그 자체이며 보들레르가 말한 현대적 삶의 추상이다. 나폴레옹을 넘어서려는 커다란 야망을 지닌 동시에 세상을 정복하기 위해 자신의 플롯을 이어가는 전능한 잠재성을 가진 소설가이다. 위고·스탕달·발자크의 소설들은 낭만주의적 서사시를 떠나보내지 못한 채 그 주변을 맴돌고 있다고 할 수 있다. 이들은 현실 재현을 철학적·미학적 또는 신비주의적 현실이라는 다른 질서에 종속시킨다. 물론 이런 이중성에도 불구하고 앞에서 보았듯이, 이들의 글쓰기 계획들이 자연주의적 서체의 형성에 크게 기여했음을 부인할 수 없을 것이다.

그 중에서도 발자크의 **묘사와 인물 묘사**는 자연주의 서체에 결정적 모델이 된다. 우선 묘사란 언어가 전적으로 지시 기능으로 쓰이는 장르로 간주된다. 묘사는 서술의 흐름을 멈추게 하는 불연속성을 가져온다. 그런 점에서 묘사를 강조하는 이들은 낭만주의와 정반대되는 이들로 간주되며 사물에 복종하는 퇴폐주의자들로, 세상을 미학적 사물로 변환시킬 수 없는 이들로 간주된다. 길이 면에서 발자크의 묘사는 거의 전설적이라고 할 수 있으며, 이야기에 비해 엄청난 자리를 차지하기도 한다. 그렇다고 묘사를 이야기와 상관없다고 생각하는 것은 오류이다. 묘사는 이야기를 이어 주는 기능을 가지며, **전체 구성에 통일성을 부여**하기 때문이다. 사물들은 상호 관계 속에 놓여지면서 수평적 차원의 통일성을, 동시에 묘사는 언제나 의미를 가지기 때문에 수직적 차원에서의 통일성을 가져온다. 발자크는 환유와 제유의 대가인 자연주의자들의 최초 스승 중 한 명이 되는 셈이다.

또한 발자크의 세계는 **구심적 세계**이다. 그 안에서 인물은 중심이 된다. 인간과 주변 환경은 필연적인 관계로 연결된다. 하나의 인물은 그의 주위 풍경에 대한 묘사에서 나오며 이 풍경은 그 인물의 확장이고 언어가 된다. 백합이 만발한 계곡에서 마담 드 모르소프가 하얀 점으로 마치 백합 한 송이처럼 묘사될 때 계곡은 젊은 부인의 몸과 같다. 모든 사물은 거기서 움직이고 있는 한 인물을 향해 집중됨을 알 수 있다. 이처럼 주위 환경은 자신들이 둘러싸고 있는 것을 의미한다. 인물들도 의미의 거울처럼 구상된다. 주름진 이마는 전 생애를 말해 줄 양피지(기록문서)와 같고 묘사된 손 하나로 그 인물의 모든 이야기가 설명될 수 있다. 이런 식으로 보이는 세계는 원인의 세계인 보이지 않는 세계의 거대한 암호망으로 조직되어 있다.

발자크의 열렬한 애독자 졸라의 묘사 역시 인접성의 관계를 토대로 하는 구심적 행보이다. 졸라는 묘사에서 환유의 끝없는 장을 전개하며 이는 대개 은유를 결정짓는 방향으로 간다. 곤충학자가 곤충을 연구할 때 곤충이 사는 환경을 같이 연구하듯이 인간 존재는 그의 환경과 분리될 수 없으며 의복·집·도시·지방이라는 환경으로 완성되어진다. 머리나 마음의 현상은 환경에서 원인을 찾는다. 예를 들어《쟁탈전》에서 르네의 분홍빛 아파트는 그녀의 벗은 몸의 반영인 동시에 확장이다.《무레 신부의 실수》에서 정원의 소녀 알빈은 꽃으로 변하며 돌과 같은 색의 수단을 입은 세르쥬는 교회 자체가 된다. 졸라의 묘사를 통해 작품은 세상, 외부 지시대상과 연결되는 장이기보다 일치와 조화의 원칙을 위한 장으로 연결된다. 이야기를 둘러싸고 있는 묘사는 이야기 전개에 필연적인 조직망을 발달시킨다. 즉 묘사는 언제나 어떤 이미지를 발전시키도록 조직되어 있다. 이런 이미지는 소설 전체로 파급되며 어떤 서술보다 소설의 구조를 만들어 내는 데 기여한다. 여기에서 묘사와 작품과의 관계는 존재와 환경과의 관계와 같으며, 이런 구심적인 관점에 따라 작품은 시대의 필연적인 산물이 된다. 예를 들어

《제르미날》의 첫 장면은 형이상학적 인간의 전락의 시대를 말해
준다. 너무나 편편한 공간, 질서정연하게 나누어진 운하의 공간,
그리고 역시 질서정연한 구역들로 나누어진 광산촌의 공간은 재
생과 법칙이 지배하는 시대가 왔음을, 별 하나 없는 텅 빈 죽은 하
늘의 배경은 재앙의 시대가 왔음을 상징한다.《쟁탈전》의 첫 장면
의 시간도 석양이 질 무렵이라는 것은 데카당스-퇴폐의 시기를
의미한다(데카당스의 본래 의미는 석양이다). 이런 시공간의 시작은
졸라의 작품 내내 던져지는 시대에 대한 질문을 내포하며, 외부
현실과 작품을 밀접한 관계 속에 놓는 것보다 **외부 현실을 지배하
는 법칙을 말하기** 위해서이다. 그런 점에서 묘사는 분명히 해석에
동참하고 있으며, 졸라의 시공간은 결코 중립적이지 않고 어떤 사
물도 부동적이지 않다.

　발자크와 졸라의 차이: 졸라는《인간 희극》을 열정적으로 다시
읽은 후 〈발자크와 나와의 차이 Différence entre Balzac et moi〉를
쓰는데, 발자크가 현대 사회의 거울이고자 한 반면, 자신은 단지
반응하는 장소가 필요했기 때문에 역사적 배경을 택한 것이라고
말한다. 그리고 발자크가 남자 · 여자 · 사물을 그리고자 했다면,
그는 남자 · 여자를 기질의 차이만 다를 뿐 하나로 보면서 그들을
사물에 복종시키고자 했다. 졸라는 인간사에 대해 발자크처럼 결
정을 내린다거나 정치가 · 철학자 · 도덕가가 되기를 원하지 않고,
의식에서 출발한 관찰과 실험을 통해 잘못 인식된 진실, 설명되지
않은 현상을 분석하고 그 사실들을 제압하기 위한 학자가 되는 것
에 있다고 했다. 그에게는 사진사처럼 자연을 정확하게 나타내는
것 이상으로 사실들의 내연성을 찾아내고 설명하는 것이 중요했
다. 그는 유사하지 않은 두 사물에서 유사점을 찾아내는 천재적인
과학 정신의 소유자였다. 보이지 않는 망 속에서 서로 강력한 영

향을 주고받는 사실들간의 결정론적인 관계를 발자크에게서 배운 졸라는 플로베르를 통해 묘사에 대한 비전을 더욱 발전시킨다. 그는 플로베르의 《보바리 부인》과 《감정 교육》에서 인물을 함몰시키지 않으면서도 인물을 결정짓는 균형잡힌 중재를 보여 주는 환경 묘사에 찬사를 보낸다. 심리학자 · 관찰자 · 실험자의 면을 갖추고 정신의 움직임을 설명할 수 있어야 하는 작가—졸라에게서 묘사는 화가의 묘사를 넘어 학자의 분석이어야 하고, 인간을 결정하고 완성시키는 환경이어야 했다.

4) 공쿠르 형제(에드몽 공쿠르 1822-1896, 쥘 공쿠르 1830-1870)

수집가의 열정을 닮은 자료 탐구, 사소한 사실이 탐구로 자연주의 방식에 초석을 제공한 공쿠르 형제는 연금 덕분으로 일상적 삶에서 해방될 수 있었던 까닭에 풍부한 학식을 보여 줄 수 있는 책에 몰두할 수 있었다. 초기 이들의 역사를 다룬 책에서는 풍속 역사가와 심미가로서 과거에 접근하는 모습을 볼 수 있다. 이들의 도덕적이고 사회적인 역사 이야기는 또한 감성과 취향에 대한 역사 이야기로 전투를 중심으로 씌어진 역사서와 구분된다. 이들은 서민의 삶을 사건 중심의 드라마틱한 삶으로 다룬다.

신경쇠약 기질을 갖고 있었던 세련된 귀족층인 이들 형제는 19세기 도덕의 사회적 병리학에 흥미를 느낀다. 이들은 병적인 것에 대한 미학을, **퇴폐의 미학**을 처음 시도하며 《제르미니 라세르퇴》에서 정점에 달한다. 《제르미니 라세르퇴》는 이들의 하녀 로즈 말렝그르의 실제 삶의 이야기일 뿐만 아니라 대중을 주제로 다루는 새로운 소설의 길을 창조하기 위해 심사숙고하여 구상된 소설이다. 젊은 농촌 여성, 제르미니가 파리에 와서 하녀로 살다가 알코올 중독과 매춘 생활로 가는 히스테리의 여정을 보여 주면서 이들은 길거리와 이곳의 험담들, 악취·폐결핵이 숨쉬는 7층의 방들, 파리 변두리, 병원 등을 등장시키는데 이런 곳은 바로 자연주의의 공간과 상징적인 주제들이 된다.

사실 하녀의 이중 생활을 이야기하는 이들 형제는 방탕한 여성에 대해, 드가가 다림질하는 여인들을 관찰하는 것처럼 몰래 훔쳐보며 깊은 경멸의 시선을 보낸다. 예술가들과 창녀들 간의 잡거 생활을 그린 《마네트 살로몽 *Manette Salomon*》에서 이들은 반유대주의·여성혐오주의와 같은 인종차별적인 시선을 드러낸다. 젊은 유대 여성 마네트는 천박함과 욕망 그 자체이다. 끊임없이 결혼을 하고 예술가의 천재성을 타락시키는 그녀는 팜므 파탈이다. 그러나 18세기에 향수를 가진 이 형제는 민중만큼이나 부르주아들도 혐오한다. 《르네 모프랭》(1864)에서 모든 것이 돈을 위해 희생되는 현대 사회를 냉혹하게 그려낸다. 여성의 이름을 붙인 소설이 유달리 많은 공쿠르 형제는 끊임없이 여성성, 환경에 따라 다양한 형태를 취하는 여성의 히스테리에 대한 수수께끼를 풀고자 한다. 제르미니 라세르퇴의 성적인 광기에서부터 제르베제 부인의 신비주의적 환상에 이르기까지 이들은 문학과 과학의 경계를 무너뜨리는 심리 소설을 창안한다. 비평가들은 혹평하지만 졸라는 열렬히 찬미한다. 그러나 무엇보다 이들의 공헌은 형태상의 혁신에 있다.

우선 이런 **주인공의 선택**은 《제르미니 라세르퇴》의 서문에서 분명히 표현되었듯이 장르를 개혁하려는 계획과 깊이 연관되어 있다. 이 서문은 시대가 새로운 예술적 결의를 요구한다고, 그리고 자신들은 현대적이 되고자 한다는 점을 설파한다. 그들은 문학에서 '하층 계급'이 다루어지는 것이야말로 민주주의 시대의 필연성으로, 다시 말해 정치적이 아닐지라도 적어도 도덕적인 참여로 본다. 그럼에도 이 서문을 좀더 잘 살펴보면 바로 자신들의 소설의 미래 형태에 대해 말하고 있음을 알 수 있다: "보통선거·민주주의·자유주의의 시대인 19세기에 사는 우리들은 '하층 계급'이 소설에서 권리를 가질 수 없었는지를 생각했다. 세상 아래에 있는 세상인 이 민중의 세계가 문학적으로 금지당하고 지금까지 이들의 정신과 마음에 대해 침묵한 작가들의 경멸 아래에 있어야 한다면…… 비극이라는 잊혀진 문학, 사라진 사회에 대한 이런 관념적인 형태가 결정적으로 죽었는지를 알고 싶은 호기심이 우리들에게 일어났다."(라루, 2000:73)

여기서 중요한 것은 귀족적인 고자세이지만 민주주의를 수용한 듯한 인상에도 불구하고, 이들이 이미 퇴색한 장르인 비극을 언급한 점이다. 이 형제는 현대 역사에 의지하면서 사라진 장르를 복구하고자 한다. 비극과 역사와의 만남으로 새로운 형식을 발달시키는 것이다. **이처럼 저급한 주제를 선택해서 진지하게 다루는 방식은 소설에 새로운 지평선을 연다.** 이런 계획이 사회적보다 문학적 형태와 관련된 것임을 알 수 있다. 《제르미니 라세르퇴》는 제르미니의 행복과 희망의 시간으로 시작되지만 곧 피할 수 없는 비극적인 전락으로 떨어진다. 《목로주점》처럼 만회할 수 없는 전락의 세계를 그리고 있다. 당연히 이 작품은 많은 물의를 일으키지만 졸라는 《내가 증오하는 것들》에서 이 작품을 "극단적이고 열정적인 작품"이라고 칭송하면서 "고전주의 시대의 풍요로운 건강이 일종의 병든 감수성으로 대체되는 퇴폐파의 작품"으로 분류한다.

뿐만 아니라 이 소설은 바로 **사물을 그리는 독특한 방식**의 문체를 발전시키면서 자연주의 문체 형성에 중요한 영향을 미친다. 폴 부르제에 의해 퇴폐파의 문체라고 명명된 이 문체는 문장의 체계를 위반하고 와해시킬 뿐만 아니라, 묘사되는 사물을 파도같이 감싸는 방식을 선보인다. 사전을 많이 차용하면서 극도로 자세하게 설명하고, 일상적으로 잘 쓰이지 않은 드문 표기를 사용함으로써 감각적 차원에서의 진실을 만들어 내고자 한다. 이들의 문체란 바로 사물을 해체하고 증발시키는 문체이다. 〈마네트 살로몽〉에서 현대 작가 코리오리스의 마지막 그림 풍경은 빛으로 뒤덮이는 하얀 그림이 된다. 마치 이 그림이 상징하는 것처럼 세세한 해부의 미학은 아무것도 남기지 않는다. 정확함과 명철함을 탐구할수록 사물은 증발되고 모두 무의미로 가는 것이다.

공쿠르 형제의 문체는 바로 자신들의 침묵 안에서 굳어져 버린 여성들의 몸으로도 비유할 수 있다. 제르미니 라세르퇴와 엘리자는 모두 자신들의 말보다 고통받는 육체로 표현되는 편이며, 이런 침묵은 말하기보다 표현을 중시하는 새로운 문학적 실행을 보여준다. 사실 이들의 글쓰기 목표는 소외된 어떤 세상의 비참을 재현하는 것보다 그들 자신들의 현대적 비참을 재현하는 데 있다. 이들은 자신들의 시대를 하나의 퇴폐기로 보며 자신들은 이 시대를 살아간 사람들로 정의한다. 너무나 빠르게 문명화되어 가는 현대는 과도한 감각성으로 감각들은 병들고 신경은 지나치게 흥분되어 있다. 바로 이런 시대에서 이들 작가는 마치 유산된 태아와 같은 불완전하고 고통스럽지만 아주 독특한 작품을 내놓을 수 있었다. 이 두 형제는 병적일 정도로 정확히 재현하는 사진술과 같은 감각성 덕분에 끝없이 거대한 전체를 수집하나 결국은 모든 것이 흔들리고 변화하며 소모되고 부패되는 문체를 만들어 낸다. 이들의 현대성은 바로 현대인의 무력한 해체를 증명한 데 있다고 할 수 있다. 이들의 문체는 너무나 빠르게 변화하는 세상 앞에서 느낄 수도, 감동될 수도 없는 세대의 무력함에서 나온 것이다.

이들 형제의 고통을 반영했다고 할 수 있는《장가노 수사들 *Les Frères Zemganno*》(1879)의 서문에서 에드몽은 예술가가 하층계급의 재현에만 한정될 수 없으며 문체가 우선한다고 밝힌다. 하찮은 주제를 진지하고 예술적으로 처리하는 것이 바로 문학이다. 하층계급의 재현이라는 주제는 선택되는 순간 밀려나는 듯 보이고 그 자리를 문체가 차지하게 된다. 이 책에서 에드몽 공쿠르는 막 성공을 거둔《목로주점》(1877)처럼 예술가적 글쓰기의 세련됨 없이 사회의 하층을 그리는 것을 거부하며, 졸라의 출신이 천민을 그릴 수밖에 없다고 헐뜯는다. 그러나 일면 유치해 보이는 이런 적의 뒤에는 19세기 풍속의 역사를 쓰려는 진지한 욕망이 있음을 알 수 있다. 에드몽 공쿠르가 자신들의 문학적 유언이라고 할 수 있는《사랑하는 당신 *Chérie*》(1884)의 서문에서, 자신과 동생은《제르미니 라세르퇴》와 함께 문학에서의 진실 탐구라는 19세기 후반의 미학적 대혁명의 주창자라고 주장한 대로 이들은 메당 그룹의 젊은 작가군의 서체에 큰 영향을 미친다.

5) 귀스타브 플로베르(1821-1880)

플로베르는 졸라와 브륀티에르에 의해 자연주의의 아버지로 간주되지만 그 자신은 자연주의를 어리석다고 보면서 이를 거부한다. 일생 동안 그는 자신의 청년기를 키웠던 우울한 낭만주의의 특징을 떠나지 못한다.

현대 소설의 아버지 발자크를 계승하고 정리한 플로베르는 의사의 아들이며 실증철학이 발전된 시기에 성장하면서 일찍부터 과학적 방법론을 인식한다. 그는 자연과학과 생물학의 원칙들에서 문학의 모델을 취하고자 했으며, 자신의 소설이 클로드 베르나르의《실험 의학 서설》이 보여 준 과학적 태도와 같기를 바란다. 과학을 닮은 문학은 그대로의 본성을 보여 주되 숨겨진 속과 드러나는 겉을 다 보여 주어야 한다고 생각한다. 그의 과학적 인식은 작가의 개성과 감정의 개입을 거부하는 **몰개성**(impersonalité)과 **무감동**(impassibilité)의 신조로 나아간다. 아주 조심스럽게 몰개성을 지향하는 시기는 1845년부터인데 과학적인 관찰과 정확성을 위해 관찰자의 서정적 개입을 철저히 배제시키고자 한다. 인위적인 공상에 의존하기보다 관찰과 조사를 통해 실제 삶의 엄격성과 진실성을 두루 갖추고자 한 플로베르는 자료 조사를 중시하는 유파의 최초의 스승인 셈이다. 곤충학자의 조심성과 더불어 작가의 개입을 거부하는 것은 인간을 더 정확히 관찰하기 위한 것으로 진실을 최고의 덕으로 삼는 것이며, 자아의 특수성을 포기하고 오로지 타인의 정념 속으로 더 깊이 들어가기 위해서이다. 바로 진실·정확성·명백함의 미학이라는 현대적 미학을 위해서이다.

플로베르는 항상 우리 발 아래의 땅이 흔들린다는 생각, 우리 모두에게는, 문학자나 삼류작가인 우리에게는 의지할 데가 없다라는 생각으로 돌아가곤 한다. 모든 것이 엄청난 허풍이며 예술은 결국 놀이만큼도 진지하지 않다. 그러므로 작품을 만드는 것으로 그쳐야 하며 그 이상의 어떤 목적을 정해서는 안 된다고 생각한다. 어쩌면 **무에 관한 책**(un livre sur rien)만이 모든 것의 허영을 깨닫게 하는 유일한 가능성으로 보였다. 의미가 없는 것이 의미가 있는 것보다 우월하다고 보는 플로베르는 주제를 거부하고자 한다. 그에게 아름다워 보이고, 그가 쓰고 싶은 것은 외부적 구속이 없는 책, 마치 어떤 버팀대도 없이 공중에 떠 있는 지구처럼 자신의 문체의 내적인 힘으로 스스로 서 있을 수 있는 책을 의미한다. 거의 주제가 없거나 적어도 그럴 수만 있다면 주제가 거의 눈에 띄지 않을 책이란 의례적인 체계를 뒤집는 것으로 바로 여기에서부터 사실주의라 할 만한 것으로 나아간다. 아무것도 아닌 것은 평범함과 무의미, 저속함과 어리석음과 같을 수 있을 것이다. 그런 의미에서 플로베르는 표현될 만한 가치가 없는 대상을 재현하고자 한다.

사실주의의 성서라고 명명되는 《보바리 부인》(1857)은 낭만적인 서정성을 끊어 버린 소설로 소설적인 것의 역을 보여 준다. 시골의 중산층 여자의 낭만적 몽상들을 가차없이 비난하는 《보바리 부인》을 통해 그는 '무에 관한 책,' 주제가 거의 없는 소설이라는 꿈을 실행에 옮기고자 한다. 인물들의 **모든 소설적인 요소를 없애기** 위해 가장 저속한 일화인 간통 사건을 주제로 삼고, 배경 무대는 시골의 작은 마을이 된다. 주인공 엠마의 삶은 격동에 찬 삶이 아니며, 그녀의 죽음조차도 비극적이고 격렬한 죽음의 장면과는 전혀 다른 방향(빚에 몰려 자살함, 약국에서 슬쩍한 비상, 낭만적 죽음을 상징하는 하얀 시트를 더럽히는 검은 토사물)을 보여 준다. 위기와 대단원의 극적 구조 없이 단순히 연속적으로 구성해 놓은 장면 배치는 하나의 중심으로 집중되는 강력한 효과대신 시골 생활의 단조로운 시간의 흐름을 구체적으로 실감나도록 하기 위한 것이다.

간통의 선택은 단지 보잘것없음, 무미건조함의 색조를 강조하고, 문학적 인기를 얻은 주제를 무화시키기 위해서이다. 시골 바람둥이 로돌프가 엠마에게 사랑을 속삭일 때, 농업공진회시장에서 매매되는 암소들의 음메 소리와 공중인들의 의미없는 이야기들과 뒤섞임으로써 이들의 일시적 열정의 무미함을 암시한다. 반복되는 간통, 결혼의 무미건조함은 인물들에게 모든 자유의 공간이 닫혀 있음을 분명히 보여 준다. 엠마는 '아무르' '파리'와 같은 말에서 꿈을 꾸며, 그 꿈을 세상에서 찾는다. 돈키호테가 자신이 가장 감명 깊게 읽은 기사 소설대로 살고자 하는 것과 같다. 그녀는 만족스럽지 못한 현실에 고통스러워하며 영웅적인 운명 또는 소설적인 운명에 자신을 불태운다. 보비사르 무도회는 기숙학교에서 읽은 이야기의 재판이며, 자작은 이 소설 인물들의 복사판이다. 로돌프는 자작의 복사판, 레옹은 로돌프의 복사판이듯이. 사랑에 실망한 그녀는 잠시 모성애로, 종교로, 환멸을 느낀 여인의 포즈, 위대한 학자로 드러날지도 모르는 남편에 대한 불확실한 찬미로 도피한다. 차별화를 가능하게 하는 모든 형태에 무한히 매혹된 그녀는 오히려 역설적이게도 저속한 평범함으로 끝이 난다.

이 모든 것은 점점 더 전락으로 향해 가는 반복일 뿐이다. 엠마의 발 아래 앉아 있던 로돌프가 샤를에게 들키는 장면, 로돌프의 절교 편지로 병이 난 엠마를 살구의 향기에 지나치게 예민함 때문으로 진단하는 샤를과 같은 장면들은 일종의 패러디 효과를 보여주며 끔찍한 평준화, 의미를 없앤 무의미의 절대적인 승리로 나아간다. 모든 가치가 전도된 플로베르의 텍스트는 그 시대에 엄청난 파문을 일으켰으며, 소설 장르를 해체시킬 위험이 있다고 비난되었으나 자연주의 소설의 최종적 목표를 결정짓게 한다.

졸라가 《보바리 부인》만큼이나 찬사를 보낸 《감정 교육》은 낭만적인 감성에 빠져 허무하게 인생을 살아간 인간의 이야기로 사랑의 열정과 같은 사랑의 신비주의를 조롱하는 작품이다. 주인공 프레데릭의 말년은 노후의 평화가 아닌 무딘 감수성이며 아무런 구원도 없다. 그의 비극은 인생에 실패한 것이 아니라 인생에 실패하고서도 더 이상 괴롭게 느끼지 않는다는 데 있다. 《감정 교육》은 소설적인 요소를 거부하면서 일상 생활들이 모래처럼 흩어져 가는 인생의 과정을 인과 관계 없이 앞뒤로 이어지는 일상적 삶의 장면들로 탁월하게 나타낸다. 극적인 대결을 보여 주는 발자크 소설들과는 정반대로 플로베르의 소설들은 아무런 결말도 얻지 못하는 분산과 해체의 비극을 보여 준다.

행동과 사건들, 극적 여건을 가지지 않는 소설이라는 바로 그점 때문에 그 시대의 현대성을 표현한 것으로 간주되는 《감정 교육》은 자아성숙이라는 교양 소설의 이야기가 아니라 엄청난 좌절의 이야기이다. 프레데릭 모로는 가능성을 향유하고, 그 때문에 고통받지만 결코 아무것도 생산하지 못한다. 그는 그저 위대한 사랑 · 예술 · 정치 · 재산 · 명예를 꿈꾼 것일 뿐이다. 1948년의 혁명과 함께 뭔가 되기를 바라지만 자유에 대한 현기증과 그 자유를 행동이나 작품으로 변화시킬 수 없는 무능만을 느낄 뿐이다. 그는 잃어버린 기회, 후회, 막연한 꿈을 의미하며, 바로 그 옆에서 삶은 활기차게 나아가고 역사는 지나간다. 그러나 역사 자체도 끔찍한 소극이다. 엠마가 그런대로 행동에 옮기는 편이었다면, 프레데릭 모로는 지성과 정신의 소망들을 포기하는 무료한 삶을 살아간다. 그런 그는 재앙과 무질서, 부조리가 특징인 한 시대의 상징이다. 쥘리앵 소렐이 비록 자신의 행동이 우스꽝스럽고 헛된 것일지라도 죽음 속에서 영웅적인 완성을 찾아낸 반면, 프레데릭 모로는 가장 좋았던 시절을 회상하는 삶으로 끝난다. 다시 한 번 더 플로베르는 가치와 관점들을 이전시켰고 위계질서를 해체했으며, 원인과 결과의 관계를 뒤흔들어 놓았고 구분들을 지워 버렸다. 자연주의자들은 희망들이 천천히 계속 사라지고 있는 이 재앙의 소설을 전대미문의 걸작으로, 절대적인 기준으로 찬미하지 않을 수가 없었다.

그러나 무에 관한 책이라는 이상을 위해 플로베르의 소설은 극도로 목소리를 자제하며 텍스트 전체에 불명확성의 느낌을 주고, 관점들과 위계질서들이 사라지는 효과를 낸다. 바로 여기에 그의 사실주의의 한계가 있다. 결론맺기, 질서의 부여를 거부하고, 모든 관점이나 위계 체계의 형태를 파괴하면서 세상의 우연성을 표현하고자 할 때 플로베르는 문학을 제외하곤 어떤 대상도 부정한 것이다. 발자크나 위고처럼 사물들의 질서를 세우고 어떤 관점을 부여하기를 거부한 공쿠르 형제와 플로베르에게는 유형보다 개인들을 표현하는 것이 중요하며 작품은 설명하는 것이 아니고 어떤 물질에 대한 구체적인 감각을 부여하는 것이다. 발자크의 세계에서 행동을 위한 힘을 갖춘 인물들이 나타나는 반면, 공쿠르 형제나 플로베르의 세계에서 말은 세계의 이해에 어떤 도움도 되지 않는다. 산문은 섬세한 악기로 변하고 형태적 차원에서 사실에 대한 느낌을 전할 뿐이다. 현실의 질서를 세우기 위해 현실을 따로 취하지도 않으며 대상으로 삼지도 않는 이들은 초월이 사라진 현대에 대해 문학적으로 답한 것이다. 이제는 모든 이상적 조화의 형태는 너무나 아득히 밀려난다. 세부에 대한 집착, 과도한 묘사, 산문의 약화는 이런 후퇴에 대한 역설적 대응이다. 졸라의 자연주의적 글쓰기는 이런 새로운 미학적 상황에 대한 질문에서 나온 것이며, 졸라 이후의 후배 자연주의 작가들에게 이들 공쿠르 형제, 플로베르식의 글쓰기가 미친 영향은 지대하다고 할 수 있다.

6) 인상주의 미술

선배 사실주의 작가들과는 다르게 자연주의 작가들은 기존 질서에 반항하는 것을 넘어 새로운 인간적 사회를 건설하기 위해 행동주의 차원에서 야심적으로 일했음을 보여 준다. 이런 이들의 야심은 낙선파 화가들인 인상주의 미술가들을 옹호하는 데서도 유감없이 드러난다. 이들은 자신들의 소설에 이들 인상주의의 기법을 적용하는데, 특히 풍경이나 인물들·공간들의 묘사는 아주 뛰어나며 현대적 표현인 표현주의로까지 나아감을 보여 준다.

우선 졸라의 청년기는 파리의 기성 화단에서 거부된 인상주의파 화가들과의 교류에 눈뜬 시기이기도 하다. 마네는 당시 비평가들에 의해 철저히 거부당하지만 졸라는 그의 전통에 도전하는 참신한 행동을 찬양한다. 졸라는 1868년 《나의 살롱》의 한 장에 '자연주의자들'이라는 제목을 달고 마네·코로·피사로·필립 솔라리를 언급한다. 그 글에서 반복되는 것은 **꿈에 대항하는 진실, 이상에 대항하는 현실, 대중에 대항하는 기질**이라는 말들이다. 《레벤느망》지에 실린 마네를 옹호하는 글로 독자들이 항의하면서 신문구독을 중지하는 사태가 일어나자 신문사를 떠날 수밖에 없게 된 졸라는 〈예술 비평이여 안녕 Adieu d'un critique d'art〉(1866)이라는 글에서 "복종시킬 수 없는 기질과 대중 사이에는 투쟁이 있다. 나는 기질을 옹호하며 대중을 공격한다"라고 자신의 생각을 결론짓는다.

실상 거의 모든 자연주의 작가들은 예술 비평가이기도 했으며 특히 인상주의에 매료된 사람들이었다. 이들의 작품에는 박물관·화가들이 자주 등장하며, 미술과 문학의 방식들이 서로 섞일 정도로 가깝게 접근한다. 공쿠르 형제는 《마네트 살로몽》에서 회화에 대한 최초의 자연주의 소설을 쓴다. 《목로주점》 3장에는 결혼식 하객들이 루브르 박물관을 방문하는 장면이 길게 등장하며, 위스망스는 《바타르 자매들》에서 드가로 볼 수 있는 화가를 그리고 있다. 뿐만 아니라 인상주의의 회화 기법들은 직접적으로 자연주의적 묘사에 영향을 미친다. 에드몽 공쿠르는 콩스탕탱 기의 매춘부들에서 엘리자의 모습을 빌려 온다. 귀스타브 모로나 오딜롱 르동

은 데제셍트의 초자연주의적 환상에 끈질기게 깃들여 있으며 졸라
는 이들의 그림들을 상상 속에서 이야기로 변형시켰다. 거울 앞에
서 분 바르는 나나는 마네의 작품과 같으며 그네를 타고 있는 엘
렌(《사랑의 한 페이지》)은 르누아르식 묘사이다. 《목로주점》의 다
림질하는 여인들은 드가에서 빌려 온 것이다. 인상주의에 대한 서
사시인 졸라의 《걸작》에 나오는 화가들은 창조의 문제와 미학적
인 논의들을 보여 준다. 미술을 다루는 소설들이라는 생각을 넘어
색상과 인상의 매력에 몰두하며 때로는 소설가는 화가와 경쟁하
려는 듯 글을 통해 보게 하려는 열정을 느끼게 한다. 이들은 인상
주의화가들의 소재·원근법·색채를 그대로 텍스트에 옮겨 놓았
다. 인상주의 미술 기법이 자연주의 서체에 미친 다양하고 구체적
인 영향들은 2. 5) 인상주의적 기법에서 자세히 살펴보고자 한다.

2. 자연주의 서체의 형성

1) 자연주의의 두 가지 글쓰기

19세기에서 사실주의와 자연주의의 역사는 모순의 역사이다.
이들의 문학적 경향이 작품 속에 현실을 담는 것을 의미할지라도
이들의 목표는 결국 세상이라기보다 문학이다. 그래서 발자크·플
로베르·졸라의 작품들을 일종의 보고서로 본다면 혼란스러워질
것이다. 또한 이들의 목표를 같다고 보아도 오류를 범하게 될 것
이다. 분명히 다른 두 길이 나타나기 때문이다.

첫번째 길은 발자크·위고·졸라가 택한 것으로 자연주의자들의 길이라고 할 만한데 작가는 자연의 방식을 모방하고자 하면서 작품을 창조(또는 출산)라는 용어로 표현한다. 작가는 그러므로 순서를 정해 초안들을 중요시하고 위계질서를 세우며 내려다보는 관점을 취하고 허구의 전능함을 느낀다.

다른 하나의 길은 오래된 기행적 전통을 이어가는 샹플뢰리·뒤랑티·공쿠르 형제·플로베르와 이들의 후계자들인 메당파의 젊은 자연주의 작가들이다. 작가는 내려다보는 관점을 버리고 수평적 관점을 택한다. 산부인과의 관점보다 에로티시즘을 차용하는 작가는 작품을 출산의 결과로써가 아니라 욕망의 대상으로 본다. 강렬한 이미지 대신 단어들이 모여 음악을 만들어 낸다. 이들이 진부한 일상성을 대상으로 취할 때는 권태와 환멸이라는 레이트모티프가 서정적 리듬을 만들어 낸다.

언어의 이런 두 가지 길은 이미 자연주의 내부에 분열을 태동시키고 있었다. 자연주의 작가들의 진영에서 예술가적 문체의 정교함뿐만 아니라 이념상에서도 곧 분열이 일어나게 된다. 한편으로 세련됨을 위한 귀족적 탐구가 있다면 다른 한편으로는 가독성을 위한 좀더 민주적인 탐색이 있게 된다. 전자에, 퇴폐적인 정교함에 몰두하는 위스망스, 대중은 책과 그림의 혁명가들만을 존중한다고 믿으며 3면 기사들을 나열하는 합승 마차식의 문체와 보도형식의 밋밋한 산문을 양산시킬 언어적 보통선거를 거부하는 에드몽 공쿠르가 있다. 후자에 속하는 졸라는 오랫동안 신문기자직을 한 데서 명백함의 가치를 아주 잘 인지하고 있었다. 그는 너무나 자기 마음대로 만들어 낸 이 문체의 비능률적인 면을 없애고자 한다. 모파상도 복잡하고 횡설수설한 대부분 의미를 이해할 수 없는 언어들을 거부하며, 행복한 소수에게 한정되는 세련됨과는 반대로 열정이 깃든 대중적인 열변 속에서 어떤 창의력을 찾아내고자 한다. 이 두 가지 길 위에서 소설적 현실은 해독해야 할 문제들, 기호 체계로 나타나거나, 아니면 자연의 사물들을 모방한 침투할 수 없는 말없는 물질로 나타나기도 한다.

　에밀 졸라는 공쿠르 형제와 플로베르의 재난의 경향에 특별히 이끌린 것 같지는 않고 오히려 모르고 있었다고 할 수 있다. 그럼에도 예술을 주제로 다룬 《걸작》에서 이 점을 중심으로 살펴본다. 《걸작》의 주인공 클로드 랑티에의 이야기는 자신을 삼키는 지성, 헛됨으로 갈 수밖에 없는 퇴행적인 지성의 끔찍한 드라마이다. 현대적 화가, 사실 재현파 화가인 클로드 랑티에는 시대의 형식을 찾고자 하지만 언제나 자신의 화폭을 긁어 없애거나 태울 뿐이다. 그에게는 어떤 것을 그리는 것보다 자신만의 예술의 순수한 욕망에 따라 그리는 것이 중요하다. 죽는 순간까지 빛을 잡으려는 그의 꿈은 의미를 찾는 일의 공허함을 극복하기 위해 순수 예술에 몰두하는 플로베르에게서처럼, 주제는 사라지고 터치만 남는 무의 화폭으로, 모든 주제가 희석되고 유일한 색만이 터져나오는 일종의 추상 형태로 도달한다. 주제를 거부하는 그의 욕망은 현대적 주제로 나아간 것이기도 하지만 결과적으로 작품을 제외하고는 현실의 어떤 대상에도 관심이 없다. 그가 유일하게 완성한 그림은 자신의 죽은 아이의 초상화인데, 이것은 죽음만을 잉태한 예술을 상징한다. 이처럼 그의 절대에 대한 꿈은 자신 주변의 세계를, 자신의 가족, 그리고 자신마저 파괴하는 결말에 이르게 된다. 여기에서 《걸작》은 하나의 교훈을 담고 있다. 졸라의 화신인 작가 산도즈는 클로드의 죽음을 보면서 한 작품을 완성하고 존속시키기 위해, 쓰고 살아가기 위해 파탄에서 멀어져야 하고 순수한 욕구에서 벗어나야 하며 삶에서와 마찬가지로 예술과도 거래해야 한다

고 말한다. 과학과 문학을 통해 인간 해방이 가능함을 믿는 졸라의
낙관주의적 자연주의는 플로베르의 페시미즘적 무의 미학에 대한
응답이다.

2) 자연주의식의 합성

플로베르가 모든 것이 거대한 거짓말이라고 생각하면서, 공중
에 떠 있는 공처럼 자신의 움직임으로 지탱해야 하는 작품을 생각
할 때에, 졸라는 자신의 건축물이 설 수 있는 굳건한 땅을 집요하
게 찾는다. 플로베르가 정당성대신 일관성과 논리를 내세울 때 졸
라는 문학적 시도의 바깥에서 정당성을 찾고자 한다. 졸라는 어떤
점에서는 플로베르의 정반대편에 서 있는 사실주의자이다. 졸라는
주제에 무관심하지 않으며 문학은 주위의 세계에서 적법한 적용
형태를 끌어낼 수 있다고 생각한다. 《파스칼 박사》와 《걸작》에서
자주 등장하는 이미지는 노아의 방주이다. 즉 대홍수 혹은 재앙에
서 문학을 구하고, 나아가 세상을 구하고자 하는 행동주의적 욕망
이기도 하다. 그가 말년에 드레퓌스 사건에 개입한 것도 이런 욕
망에서 기인한다.

그에게는 무엇보다 플로베르나 공쿠르 형제 작품의 퇴행적 움직
임이라는 특징대신 세상에서 작업할 가능성을 재건하는 것이 중요
했다. 형이상학적 인간의 시대는 끝났다고 보는 그는 초월적인 욕
망을 거부하고 현상에 대한 탐구를 절대시한다. 졸라는 그당시 법
만큼이나 효력이 있는 과학적 담론으로 문학을 보강하고 정당화시
키고자 한 동시에 과학적 담론이 시대의 담론이기도 했기 때문이
다. 소설가는 학자를 모방하면서 합법적인 존재가 되며, 형이상학

적 인간과 상상의 문학에 종지부를 찍는 행동에 동참하는 것이다.

《실험소설론》(1880)

졸라에게 강한 인상을 심어 준 클로드 베르나르의《실험 의학 서설》(1865)은, '예술 작품은 기질을 통해 보여진 세상의 한 부분'이라는 졸라 자신의 이론을 소설에서 발전시키기 위한 과학적 담론의 기틀을 제공한다. 《실험소설론》은 여과장치와 화면의 개념을 분명히 설명하고 있다. 다음과 같은 클로드 베르나르의 인용에서부터 졸라의 시도는 더욱 발전된다: 단순하거나 복잡한 조사 과정을 사용해서 변화시키지는 못하지만 자연이 제공하는 있는 그대로 채집해서 현상을 연구하는 이를 관찰자라고 한다. 어떤 목적을 갖고 자연적 현상을 변화시키거나 수정하기 위해 단순하거나 복잡한 조사 과정을 사용하고, 이런 자연적 현상들을 다른 환경이나 자연이 제시되었던 대로가 아닌 상황에서 나타나게 하는 이를 실험자라고 한다. 실험자 또는 작가의 일은 어떤 결론, 즉 어떤 전개에 도달하기 위해 관찰된 현상들의 위치를 바꾸고 작동하게 하는 것이다. 졸라의 예술관에 포함된 '기질'이라는 말은 이미 작품에 작가의 적극적인 창조적 자세, 즉 실험자의 개입을 내포하고 있다.

자연주의적 실험자는 인물들을 이러저러한 다른 상황에 놓으면서 플롯을 다양하게 할 가능성을 가지게 된다. 졸라가 과학에 의존하는 것도 그 시대의 정신인 과학의 권위를 이용해 소설 · 주인공 · 플롯 · 상상을 마음껏 발휘하기 위해서이기도 하다. 최초 자연주의 소설인《테레즈 라캥》은 뱀파이어의 이야기를 재생한 것으로 그것을 환상 소설로 만드는 대신 주인공들의 기질(신경증적 기질, 점액적 기질, 다혈질 기질)을 통해 생리학적으로 재현했다. 이런 식의 졸라의 적용은 예술을 협소한 영역으로 몰아가는 대신 오히려 확장시키게 되는 중요한 역할을 한다.

자연주의적 화면

17세기에서부터 자연주의라는 말에는 자연의 모방이라는 미학적 의미가 담겨 있다. 졸라는 소설에서 예술과 과학이 만난 것인 이상, 이런 모방을 가능하게 하는 조건들에 대해 생각한다. 플로베르가 '문체란 사물을 보는 절대적 방식,' 공쿠르는 예술가적 기법이라는 소중한 프리즘을 통해 세상을 보는 것이라고 했지만, 사실주의적 창은 자신의 존재를 부정하는 경향이 있는 단순한 유리창이라고 할 수 있다. 그런데 졸라는 "천재란 세상이 보여지는 창을 제시하는 이들이며, 모든 작품은 창조를 향해 열린 하나의 창문과 같다. 물론 창이 아무리 투명할지라도 고유의 색깔, 어떤 두께를 가지며, 대상들을 굴절시킨다"고 반박한다. 바로 이 점이 자연주의가 사실주의를 넘어서는 부분이다. 모든 진정한 예술은 '기질을 통해 보여진 창조의 한 면'이기 때문에 바로 거기에 예술이 있고 재창조가 있다. 모파상도 작가란 눈속임의 명수, 마술사라고 정의하면서 "위대한 예술가란 사람들에게 자신들의 독특한 환영을 믿게 하는 이들이다"라고 주장한다. 그는 모든 사실주의의 환상적인 성질을 강조하는데, 예술가가 사실을 충실히 베끼는 사진사는 결코 될 수 없으며 예술에서 모든 진실의 이론은 지킬 수 없다고 한다. 예술이란 이와 반대로 언제나 선택·조정·구성·기법을 기꺼이 보여 준다는 것이다.

관점의 이런 자의성에 대한 인식은 발자크 소설의 특징인 전지한 서술자를 포기하게 한다. 인물이 작가의 시선을 대신한다. 그러므로 바로 인물의 시선을 통해 현실이 보여지면서 인물들간의 다른 관점들은 대립되거나 서로를 문제화한다. 모파상의《피에르와 장》에서 모든 플롯은 피에르의 질투 어린 의식을 통해 주어지는데 여기서의 내적 초점화는 자연주의적 전제의 도치, 즉 의식의 변형된 힘이라고 볼 수 있다. 《거꾸로》의 주인공 데제생트는 현실보다 현실에 대한 꿈을 더 좋아한다. 그러나 자연주의는 결코 엄격한 교리를 내세우지 않는다. 졸라는 이미 1866년에 예술적 미에 관한 한 절대적이고 영원한 진실은 없으며 미래의 작품은 현재의 작품일 수가 없다고 표명한다.

3) 사실임직함을 위한 서체의 전략

(1) 재현의 동기부여

자연주의자들의 글쓰기 법칙 중 흥미로운 점은 바로 이야기를 정당화하고 진실처럼 보이도록 묘사를 아주 자연스럽게 개입시키는 방식이다. 졸라가 《목로주점》에서 대화, 서사적 일화들, 속어 사용의 일반화도 사실임직함을 정당화하기 위한 것이며, 뜻밖의 사건 · 위기 · 돌발사태들을 거부하고, 《보바리 부인》의 구성처럼 일반화되고 단순한 구성들을 선호하는 것도 이런 이유에서이다. 물론 서술자는 이야기 속에서 드러나지 않아야 하므로 서술자가 3인칭으로 나타나는 것은 당연하다. 그러나 무엇보다 진실성을 내세운 자연주의는 재현에 신뢰를 주어야 하는 일이 가장 중요한 법칙이다. 자연주의 작가들은 과도한 허구, 사실임직하지 않음과 신뢰도를 떨어뜨릴 수 있는 것을 최대한 제거하는 일에 관심을 쏟는다. 그런 점에서 **재현의 동기는 자연스럽게 부여되어야** 한다. 이들이 책에 의해 재현된 세계를 믿도록 하기 위한 전략들을 고찰하는 것은 매우 흥미로운 일이다.

자연스런 시작을 위한 기법들

시작을 자연스럽게 하는 것이 중요한 문제이며 여기에 대한 해결책을 찾아야 했다. 우선 **텍스트의 첫 문장**은 우연성과 인위적인 일을 거부한다. 이야기가 단순히 어떤 계속성, 삶의 연속처럼 보이기 위해 주로 평범한 일상에서 소설이 전개된다. 항상 거기에 이미 있는 것으로 해결책을 찾는다. 공쿠르 형제의 소설 첫머리는 항상 대화체로 시작된다. 직접화법은 현장성을 가지며 말의 가장 성실한 재생 형태로 간주된다. 《목로주점》은, "제르베즈는 새벽 2시까지 랑티에를 기다리고 있었다"로 시작하는데 여기에서 대과거 동사시제는 지속을 전제하면서 이들을 이미 알고 있었던 것 같다는 느낌을 가지게 하고 인물들과 친밀한 관계를 맺게 한다. 걸어가고 있는 한 인물에 대한 묘사로 시작되는 《제르미날》은 이제 전개될 장소와 인물들에 대해 자연스런 소개를 하게 될 동기를 제공한다. 즉 이 인물을 따라가는 독자들에게 그에게 보여지는 대로 광산 풍경이 차례로 보여지고, 이 인물이 은퇴한 광부 본 모르를 만나면서 광산과 광부들에 대한 정보가 독자에게 때맞추어 제공된다.

서술에서 묘사로의 자연스런 이동에 필요한 전략들

세상에 대한 어떤 지식을 전달하고자 한 자연주의 작가들에게 묘사는 이들 텍스트의 중요한 장소가 된다. 그러나 이야기의 흐름을 방해하지 않고 자신의 계획상 꼭 필요한 묘사를 끼워넣는 방법은 무엇인가. 서술에서 묘사로 자연스레 가게 하는 방법이 졸라를 비롯한 자연주의 작가들에게서 특히 많이 발전되어 나타난다. 발자크의 서술자가 이야기 전개에 필요한 많은 양의 정보를 직접 전달하는 것과는 달리 졸라의 체계는 적어도 사실적인 발화행위의 관리자로 생각할 수 있는 인물들을 중간에 내세운다. 이 사람들이 정보 제공자들이다. 이들은 작가-송신자의 분신으로 작가가 갖고 있는 정보를 수신자에게 전달하는 역할로 이 수신자가 정보를 갖추게 되면 바로 그것은 독자가 정보를 갖게 됨을 의미한다. 이런 체계에서 작가는 빠지고 대리인을 내세워 말하게 한다. 이들 송신자에 적합한 인물로는 전문가들, 기술자들, 정보 제공자들, 토박이들이 있고 수신자들로는 초심자들, 새로 온 사람들, 호기심 많은 사람들, 침입자들이 있다.

첫번째 방식은 시각을 통해 세상에 대한 설명을 자연스레 끌어들인다. 이런 자연스러운 묘사를 이끌어 내기에 꼭 필요한 인물들이 있는데, 필립 아몽은 《소설의 인물들 Le Personnel du roman》에서 이런 기능을 위한 인물들을 세 가지, 즉 **시선-서술자, 수다쟁이-서술자, 작업자-서술자**라고 명명한다. 첫번째 시선-서술자는 증인, 호기심 많은 사람, 한가한 산보객, 엿보는 사람들이다. 《목로주점》의 첫 장면, 창가에서 랑티에를 기다리는 제르베즈의 시선은 잠에서 깨어나는 파리의 부산한 모습이라는 주제에 대한 설명을 자연스레 완수한다. 《돈》에서, 증권거래소 앞 식당에 앉아 누군가를 기다리고 있는 사카르는 기다리는 동안 이리저리 주변을 살펴보는데, 바로 그런 그의 시선을 통해 증권거래소와 그 주변의 풍경과 사람들이 설명된다. 《제르미날》에서 외지인이며 신참자인 에티엔의 호기심 많은 시선과 함께, 소설 처음부터 그가 그곳 광산촌을 떠나는 순간까지 독자들은 이곳에 대한 모든 정보를 가지게 된다.

두번째 수다쟁이-서술자는 자신이 알고 있는 지식들을 신참자, 이방인(독자들도 이들처럼 정보가 없다) 등에게 설명하는 설정에 등장한다. 《제르미날》의 본 모르는 광부촌에서 평생을 산 사람으로 이곳의 산증인이다. 그는 에티엔이 처음 만난 인물로 외지인 에티엔이 궁금해하자 그곳에 대해 설명해 준다. 이런 식으로 광산촌에 대한 설명이 자연스럽게 전달된다.

세번째 작업자-서술자는 기술을 가진 사람이 신참자에게 자신의 일에 대해 설명하거나, 방문자에게 비친 기술자의 일하는 모습이 작업 장소에 대한 세밀한 묘사를 타당하게 만든다. 구제의 작업장을 방문한 제르베즈는 그에게서 작업에 대한 설명을 들으며, 처음 갱으로 내려간 에티엔은 마으와 카트린에게서 작업에 대해 듣는다. 이런 식으로 정보를 전달하려는 묘사의 계획이 끝나면 자연스레 닫혀지고 다시 이야기의 전개라는 서술 프로그램이 시작된다.

(2) 일관성

반복의 논리

사실임직함을 위한 이런 기술상의 테크닉말고도 신뢰할 말한 확신을 주기 위해서 텍스트는 일관성을 보여야 한다. 즉 모든 구성요소들이 강한 의존 관계와 상관 관계에 있게 하는 것이다. 그래서 사용되는 것이 요소들을 반복시키는 방식이다. 《사랑의 한 페이지》와 《제르미날》에서 시시각각 나타나는 파리의 모습이나 광산 풍경은 이들 묘사들을 서로 조응하게 하면서, 정보가 이어지고 이야기의 진행상 전후가 자연스럽게 연결되도록 한다.

서술의 내면적 논리

또한 서술의 진행을 이끌어 가는 장치인 내면적인 논리가 이런 일관성을 뒷받침한다. 《제르미날》을 예로 들어 본다면 그레마스의 도식처럼 소설의 주인공(진짜 주인공은 광부들이다)이 아닌 인물에게서 **행동의 욕구**를 불러일으키고(에티엔은 끔찍한 광산촌의 환경을 접하게 되면서 더 알고 싶고 행동하고 싶은 욕구를 느낀다), 다음 단계로 주인공은 그런 욕망을 실현시킬 수 있는 **자격 획득**의 단계를 거친다. 이 단계는 여러 가지 시험을 거치는 에티엔의 수련 과정을 말한다. 이 기간이 끝날 즈음 주인공은 노동자들을 움직여 항거로 이끌 수 있는 자격이 부여된다. 변화를 야기해야 하는 세번째 **완수**의 단계에서 기존 체제를 변화시키려는 파업이 시작된다. 마지막 단계의 이야기는 변화된 상태를 성공이나 실패라는 말로 평가하는 **승인**의 단계로 간다. 에티엔이 고통받는 노동자를 상징하는 애인 카트린을 구원하지 못하는 데서 실패로 끝나지만, 에티엔을 통해 결국 광산촌이 새로운 변화의 욕구를 가지고 다시 태어나고자 하는 사회적 공간으로 변화되어 감을 알려 준다. 이런 서술적인 일관성은 소설의 인위성을 극복하고자 하는 자연주의자들이 많이 쓰는 방식이다.

리 듬

소설을 쓰기 전 수많은 자료 수집과 더불어 기획과 각본을 중요시했다는 사실은 졸라가 일관성을 중요시했다는 의미이기도 하다. 다시 말해 그는 구성을 중시하는 건축가의 계보에 속한다고 할 수 있다. 《루공 마카르》 총서의 건축적인 형식은 균형법칙·리듬·빈도수·비율에 대한 감각으로 높이 평가되고 있다. 대부분의 졸라 소설은 웅변의 리듬, 상승 국면(도입부), 중추부(균형이나 위기), 그리고 대체로 비극적인 전개로 가는 하강 국면(결과)이라는 구성을 보여 준다. 소설의 장은 리듬을 고려해서 나누어진 것이다. 《목로주점》은 7장으로 되어 있었지만 제르베즈의 이야기를 정점에 놓기 위해 13장으로 다시 고쳐진다. 이런 배치에 대한 감각은 바로 고전적 수사학의 형식과 다르지 않다.

인접 관계

화술면에서도 마찬가지이다. 시가 은유에 지배된다면 자연주의 산문은 환유가 지배적이다. 인접 관계에 의해 플롯에서 배경까지, 인물들의 공간과 시간의 범주에 이르기까지 환유와 제유를 선호한다. 사는 곳, 복장, 손가방이나 여행가방 같은 세부적인 것들이 인물의 존재를 설명해 준다. 묘사되는 사물들은 대체로 일반적인 것에서 시작해 개별적인 것으로 가는 환유의 체계를 따라가며 서로 인접 관계 속에 놓여지고 전체는 어떤 **응집력**을 보여 준다. 사물을 보는 이는 작가도 서술자도 아닌 인물의 표현과 감정이 중요하다. 공간-인물 간의 상관 관계도 사실주의-자연주의 글쓰기의 특징인 응집력을 아주 잘 보여 준다. 인물과 거주지가 일부와 전체의 관계에 놓이며 서로를 상기시킨다. 어떤 인물이 다른 곳을 보거나 만나게 되면서 묘사에 참여하면 그 인물도 결정적으로 그 공간에 동참하게 된다. 이런 만남은 때로는 위반으로 인한 전락을 동반하거나 새로운 통합을 가져오는 반항을 유도하기도 한다.

이런 사실과 전체성의 응집 관계는 **종결의 미학**을 동반한다. 일관성을 위해 닫힌 구조를 택하게 되는데, 인물의 일생을 많이 그리게 되는 것도 바로 이런 성향에서 기인된 선택이다. 낭만적인 열정의 미완성처럼 미완적인 결말을 제시하는 낭만주의 작품들의 결말과는 달리, 사실주의-자연주의 텍스트는 어떤 결말을 필요로 한다. 이들의 이야기가 죽음으로 끝나는 경우가 많은 것도 이런 이유에서인데, 죽음은 이야기를 자연스럽게 끝나게 하며 구성상의 완결과 인물의 숙명적인 점을 보장해 준다.

또한 **텍스트의 시작과 끝이 같은 틀** 속에서 연결되는 점은 텍스트 자체의 완벽함을 강조한다. 《제르미날》의 끝머리는 첫머리와 연결된다. 모파상의 《여자의 일생》은 주인공의 탄생을 상징하는 장면으로 시작되고 소설 끝의 가족의 재산을 **빼앗기는** 일은 일종의 죽음으로 읽을 수 있다. 그러나 이런 끝내기는 동시에 '열기-새로운 시작'의 욕망을 담고 있다. 책의 끝이 정지로 나타나지 않도록 하면서 종말이 독자에게 미래에 대한 기대를 불러일으키게 한다. 에티엔이 떠나는 장면과 동시에 새싹이 돋아나는 들판의 장면으로 끝나는 《제르미날》, 달리고 있는 열차로 끝나는 《인간 야수》처럼 이야기는 계속되고 있음을 상기시킨다.

여러 요소들과의 이런 응집력은 서로를 연결시키고 정당화시키면서 일관성을 자리잡게 하기 때문에 사실임직함을 굳건히 받쳐주는 역할을 한다. 게다가 이런 사실임직함은 바로 현실 세계와의 경쟁자로 자리잡기 때문에 자연주의의 이런 사실임직함은 재현 이외의 목적, 즉 현실 참여로 가는 통로를 마련하는 것이다.

4) 서민의 향취를 녹여낸 자연주의 서체

(1) 하층민의 언어

졸라는 하층민의 언어(속어·분뇨담)를 철저히 들려 주고 민중 문화를 보여 줌으로써 확고하게 서민의 목소리를 수용한다. 그의 속어들이 현실의 속어와 완전히 똑같지 않다고 비평받았을 때, 그렇게 했더라면 아무도 이해하지 못했을 거라고 반박한다. 이들 하층민의 언어가 작가 차원의 '아주 공들여 만든 주형'에 부어졌을 때 작가의 주관성이 반영될 수밖에 없다는 것을 의미한다. 《목로주점》을 읽은 말라르메는 졸라에게 보낸 편지에서 졸라의 언어적 시도에 감탄했다고, 자신과 같은 문학도들을 웃고 울게 만든 이상 가장 아름다운 문학적인 형식의 가치를 띠었다고 찬사를 보낸다. 이것은 졸라가 사회적인 목적과 문학적인 목적을 동시에 충족시키면서 감동을 준다는 무척 어려운 일을 해냈으며, 이로 인해 엿보기 차원이나 동정 차원을 넘어서 하층 계급을 표현하는 일을 한 차원 높였다는 것과, 이들이 차후 소설에서 표현될 권리를 분명히 성립시켰다는 것을 의미한다.

자연주의 서체가 **대중적 언어**로 돌아간다는 것은 중요한 사실로 졸라는 자연주의가 외설적인 단어들의 수사학이라는 비난에도 불구하고 변두리 동네에서 많은 속어(banban · singe · cheulard · vitriol · roussin · figaton · rouchie)를 찾아낸다. 그러나 발자크의 《화류계 여인의 영화와 몰락 *Splendeurs et Misères des courtisanes*》, 위고의 《레 미제라블》, 공쿠르 형제의 《제르미니 라세르퇴》에서 이미 한 것과 같이 대화에 서민 언어를 끌어들이는 것으로 그치지 않는다. 졸라는 이야기 자체에 이런 언어를 끌어들인다. 예를 들어 '제르베즈가 눈에 띄지 않게 지나가고자' 할 때, prendre sa figure en coin de rue라는 말을 쓰는데 이것은 바로 서민의 언어이며, 이런 언어가 가진 새로운 이미지를 통해 문학은 재충전되는 힘을 얻게 된다.

자유간접화법

플로베르에서 시작해 졸라에 와서 능숙하게 다루어지는 자유간접화법을 통해 졸라는 마침내 작가와 인물 간의 거리를 없앤다. 굶주린 제르베즈가 개들과 함께 쓰레기더미를 뒤질 때 독자들(의식주에 걱정 없는 이들)은 자신들에게 말을 거는 이가 졸라인지, 그의 여주인공인지를 알 수 없다: "이런 생각은 우아한 사람들에게 혐오감을 불러일으킨다. 그러나 우아한 사람들이 3일 동안 아무 것도 먹지 못했다면, 그래도 이들이 역겨워 먹을 수 없다고 거부할지는 두고 볼 일이다." 기존의 비평가들은 이런 언어적 혁명을 훨씬 더 불편하게 생각했음을 알 수 있다.

게다가 쉼표로 연결되는 **구어체의 짧은 문장**은 분노, 도전과 같은 감정들을 전달하기에 적합하게 사용된다. 졸라는 리슐리외의 아카데미파가 억눌러 놓았던 목소리를 서민에게 되돌려 준다. 그러나 기존의 여론들의 부동성을 타파하기 위해 문법상의 경계를 뒤흔든 이런 언어적 시도는 창의적인 면을 넘어 지나친 멋부림이라는 현학적인 면으로 가는 경향을 보이기도 한다. 많은 신조어를 만들어 낸 자연주의자들의 독창적인 탐구는 자체내에 한계를 가지며 이들의 예술가적 문체는 지나친 멋부림으로 끝나게 된다. 에드몽 공쿠르가 단순과거대신 반과거를 사용하는 것, 세아르가 somnambulique대신 somnambulesque를, 위스망스가 faux대신 invrai를 사용한 경우들은 지나치게 작위적이었으며 의미를 알 수 없는 것들이었다. 위스망스의 경우 son âme s'essorait(=prenait son essor, 그의 영혼이 자유롭게 비상한다), Dieu dans des balbuties (=balbutiements) d'adoration의 문장은 우스꽝스러울 정도로 언어를 세공시킨 경우였다.

(2) 육체의 폭로

사실상 속어와 육체의 언어는 서민 문화와 서민 언어와 관련된다. 은어를 대화중에 넣는 것으로 그치는 낭만주의자들과는 반대로 자연주의자들은 문학적 품위를 조롱하면서 이야기 자체 내에서 사용한다. 《마르트》《바타르 자매들》에서 위스망스는 성적인 은유를 되풀이한다. 은어는 육체를 말하는 탁월한 언어이다. 이 언어들이 주는 환각적 이미지는 우리의 일상적인 사물의 내면을 꿰뚫는 차원까지 나아간다. 예를 들어 '검은 말총 속을 혀처럼 빼물고, 갈라진 모든 틈으로 웃고 있는' 안락의자는 가난한 커플을 비웃는 듯하다(《마르트》). 옆으로 누워 있거나 뒤로 넘어져 다리를 쳐들고 있는 의자들, 안을 채운 누런 짚이 구멍난 바닥을 통해 듬성 삐져나온 채 아무렇게나 나뒹구는 의자들은 손님을 기다리며 후줄근히 앉아 있는 매춘부들을 닮았다(《바타르 자매들》). 그로테스크한 육체의 언어인 은어는 마침내 모든 권위를 전복시킨다. 제르베즈가 용변을 보고 있는 쿠포를 보았을 때, 대낮에 그의 항문을 보았을 때, 그것은 정치계와 종교계의 모든 진지함이 폭소 속에서 무너진다는 것을 의미한다.

인간을 생물학적 차원(육체)에서 보고자 한 자연주의자들에게 있어 여성이라고 이런 육체의 폭로에서 피할 수 없다. 여성은 낭만주의 · 이상주의에서 항상 이상적으로 묘사되어 온 주제이지만, 엠마가 죽어가는 모습은 육체에 대한 임상적 탐색의 길을 열어 놓는다. 시체안치소 마당에 놓여진 익사한 여자들의 시체를 보며 자신들의 첫 연인들을 꿈꾸는 거리의 떠돌이들이 나오는 《테레즈 라캥》으로 졸라는 문학의 명예를 실추시키는 시체안치소 학파, 타락한 문학이라는 비평을 받는다. 자연주의 소설에서는 육체가 적나라하게 드러나는 숲 속의 향연 · 창녀촌 · 시체를 해부하는 병원 등 그리고 이들과 함께 성 · 죽음 · 배설물과 부패로 인한 지독한 악취로 넘쳐난다. 《바타르 자매들》에서 더러운 속옷을 입은 여자들의 땀냄새, 햇볕 아래 버둥거리며 죽어가는 염소의 지독한 냄새, 정육

점과 포도주의 썩는 냄새, 고양이 오줌의 지린내, 변소의 독한 악취와 뒤섞인다.

나아가 자연주의 작가들은 임신·출산·낙태에 대해 꾸밈없는 묘사를 한다. 《대지》에서 리자의 크게 벌어진 성기에서 어린아이의 머리가 나오는 장면을 졸라는 거침없이 보여 준다. 에니크의 《에베르 씨의 사건》에 나오는 낙태 장면은 끔찍할 정도의 사실적인 묘사를 보여 준다. 낭만주의를 벗어난 성은 자연주의 소설에서 가차없이 벗겨진다. 포르노라고 비평받을 정도이며 작가들은 풍기 문란죄로 소송에 걸리기도 한다. 졸라·위스망스·본느텡·모파상은 특히 매춘부라는 인물을 통해 에로틱한 장면들을 많이 보여 준다. 이들은 강간이나 근친상간이라는 현실을 말하며, 자위·동성애와 소년애에서 사도마조히즘에 이르기까지 모든 성도착을 상기시킨다. 이들은 놀라울 정도의 능숙한 솜씨로 욕망을 연출시킨다. 쇼의 여배우의 엉덩이 춤에 매료되는 남성들의 모습을 그린 《나나》의 첫 장면은 자연주의 문학의 걸작이라고 할 수 있다.

또한 육체의 언어에 대한 관심은 서민 문화의 전형인 육체를 볼거리로 제공하는 문화로 쏠린다. 그로테스크한 육체는 자연주의자들을 매혹하며, 괴력을 보여 주는 사나이, 서커스의 세계, 카바레의 곡예사가 많이 등장하는 이유이기도 하다. 위스망스는 시끌벅적한 장터 축제의 기형적 인간들의 모습을 좋아한다. 몸집이 거대한 여성들, 복화술사, 광대 복장을 한 곡예사, 모방과 과장된 몸짓의 감각을 보여 주는 어릿광대들을 좋아한다. 《마르트》에서는 술통만큼 커다란 개구리처럼 입을 벌리는 사람이 나온다. 사람들이 웃자 그는 혀를 콧등까지 닿게 한다. 위스망스는 또한 코르셋이나 부르주아의 교육에 물들지 않은 서민적 육체의 외설적인 면을 좋아한다. 마르트는 입을 o처럼 벌리고 다리는 i처럼, 상체는 흐

트러진 채 가슴을 다 드러내고 잔다. 공쿠르 형제 · 졸라 · 모파상은 육체의 이미지를 환상적인 그림자 연극에서 왜곡시킨다. 벽에 비친 제르미니의 그림자는 정신병원의 미친 여자 같은 모습이다. 촛불에 비치는 뒤루아 영감의 거대한 손은 괴물의 입에 쇠스랑을 집어넣는 것처럼 보인다(《벨 아미》). 제르베즈는 자신의 그림자가 부산히 움직이는 것을 유심히 바라본다: "가스등에 가까이 가자 희미했던 그림자가 줄어들면서 분명해지더니 크고 작달만 하며 이상한 그림자가 나타났다. 그림자가 너무나 동그랗게 보였다. 배 · 가슴 · 엉덩이는 길어졌고 함께 흐느적거리며 떠다녔다. 그녀가 심하게 다리를 절면서 걸음을 떼어 놓을 때마다 그림자는 땅 위에서 비틀댔다. 진짜 줄인형 같았다!"

그러나 자연주의자들의 육체는 쾌락만큼이나 고통이다. 이들이 보여 준 육체는 배고픔과 추위, 병과 노쇠를 안다. 쓰레기더미에서 부자들이 버린 것을 개들과 다투는 제르베즈, 알코올 중독에 의해 착란에 사로잡혀 사지를 떠는 쿠포, 아버지에 매맞아 죽는 어린 랄리 비자르(《목로주점》)가 보여 주는 것이 바로 이런 고통스런 육체의 모습이다. 이상주의적인 정숙함은 육체의 현실을 외면하는 동시에 고통과 불의, 육체를 변형시키는 직업, 노동의 참을 수 없는 횡포를 외면한 것이다. 누워서 목을 외로 젖히고 두 손을 올려 탄을 캐는 광부들의 기계화되고 노예화된 육체, 좁고 어두운 통로를 따라 몸을 굽힌 채 탄차를 운반하는 동물 같은 여자들의 몸, 힘든 노동으로 열정을 잃어버린 소외된 몸, 바로 이것이 육체의 다른 면이다. 타락한 문학으로 비난받게 했던 음란성은 공장을 위해 불행한 육체를 필요로 하는 세상, 쾌락용 몸을 필요로 하는 세상의 음란성을 무엇보다도 말하고 싶은 것이었다.

(3) 사육제적 전통

자연주의자들은 고전주의적 문화가 억압해 온 사육제적 전통, 라블레와 플랑드르파의 전통을 되살린다. 코로 꾀꼬리 흉내를 내는 이, 불룩 튀어나온 배, 좌우로 머리를 흔들고 다니는 이, 새끼 낳는 암소와 동시에 폭소를 터뜨리며 출산하는 이, 이들은 모두 라블레의 인물들을 닮았다. 이런 유쾌한 유물론은 또한 플랑드르파 화가들의 생각과 같다. 졸라는 《목로주점》에서 제르베즈의 결혼식 날 실컷 먹고 마신 하객들을 능글맞은 사랑의 파랑돌 춤, 진탕 마시는 술잔치가 그려진 루벤스의 수호성인 축제 그림 앞으로 데리고 간다. 《제르미날》에서도 질펀한 축제가 그려진다: "볼이 통통한 아이들에게 젖을 먹이기 위해 길고 금빛 나는 젖통을 귀리가 방처럼 꺼내는 어머니들, 춤추는 한가운데서 여자아이들을 걸어 넘어뜨리는 머슴애들은 루브르 박물관의 그림에서 방금 나온 것 같다."

자연주의 소설가들은 학자연하는 문화에 의해 부당하게 무시되는 이런 작품들 속에서 정신적인 가치들의 횡포에 대해, 그리고 낭만적 거짓말에 대한 강력한 치료약을 찾아낸다. 화류계 여인들의 삶, 가슴을 뻔뻔하게 드러낸 여자들, 엎어진 잔들과 바닥에 내던져진 옷들 사이로 후줄근히 늘어져 있는 여인들을 보여 주는 호가스의 어떤 판화 앞에서 마르트는 "정말 너무 똑같네"라고 중얼거린다. 춘희의 정신적인 연가와는 너무나 다른 이야기가 아닐 수 없다.

이런 사육제의 문화는 바로 서민층의 문화이다. 축제로 자유로워진 이들의 몸은 춤추는 몸이며 팔짝팔짝 뛰는 몸으로 중산층의 몸가짐과는 반대되는 몸이다. 이들은 육체적 차원에서 사회적 적대 관계를 명백히 보여 준다. 엄청나게 마시는 남자들, 거대한 여자들, 사육제 날 악마에 홀린듯한 춤에서 라블레적인 기상천외의 모습은 절정에 달한다. 괴물은 자연주의 작가들이 선호하는 대상으로, 이들의 호기심은 기형적 창조물들을 수집해 왔다. 학자를 모방하면서 위스망스는 시장판의 모든 매혹들을 집약시키고 기형들에 관심을 쏟는다. 이런 기상천외한 존재들이 있는 하층 계급은 평등의 사상과 반대이다. 별난 모습의 괴물들은 평범함이 지배하는 곳에서 벗어나는 이들로 자신들의 차이를 요구하는 예외적인 존재의 권리를 요구하지 않았을지는 모르지만 합법화시킨다. 어떤 점에서 위스망스는 괴물들을 통해 공화국이 없애 버린 구분의 이상향을 역설적으로 부활시키고 있다고 할 수 있다.

(4) 인간 야수의 냄새

망태기를 메고 쓰레기통을 뒤지는 졸라를 그린 그 유명한 풍자만화는 그 시대가 얼마나 졸라의 위반을 불편해했는지 알게 해준다. 소설에서는 구토·소변·대변에 대해 말하지 않아야 하나 자연주의 작가들은 실제의 육체의 기능을 묘사하는 데 있어 전혀 망설임이 없다. 자연주의자들을 자극한 것은 무엇보다도 동물과 가까운 냄새라는 가장 원초적인 감각이다. 《베낭 *Sac au dos*》에서 어떤 환자는 모르타르 썩는 냄새를 풍긴다. 《목로주점》에서 제르베즈는 쿠포가 토한 것에 역겨워한다. 《루공 집안의 운명》의 플라상 공동 묘지에서는 시체 썩는 냄새가 진동한다. 쿠포 어머니의 시신은 《목로주점》에서 두 번이나 등장한다. 《샤를롯은 즐거워 *Charlot s'amuse*》에서 제대로 맞물리지 않은 관에서는 익사자의 시체에서

나는 썩은 액이 흘러내린다.

하층 계급을 묘사하는 이런 자연주의의 방식은 돈과 성 같은 사회적 터부를 포함해 '모든 사실을 말하자'라는 원칙하에서 나온 것이다. 즉 모든 인간 주체, 모든 사회 계급이 표현되어야 한다는 원칙을 고수한다. 낭만주의의 위대한 작가들은 하층민들을 도시의 프롤레타리아와 동일시하면서 위험한 계급으로 보지는 않았더라도 주로 이상주의적 관점에서 보았다. 발자크의 《인간 희극》에서는 하인들 정도만 아주 예외적으로 가끔씩 나타날 뿐 서민은 나타나지 않는다. 이들이 정치와 산업적인 변화에 소외되어 있었기 때문이다. 스탕달에서도 서민은 나타나지 않는다. 플로베르의 《감정 교육》(1869)에서 튈르리궁을 습격한 서민들은 '우글거리는 무리,' 소란, 무례함으로 그려진다. 집단적인 주체로서의 서민은 흐릿한 덩어리로 나타날 뿐이다. 이 튈르리의 삽화에서 무례한 사람 또는 기괴한 사람의 얼굴만이 유일하게 보인다. 민중들의 마음과 정신을 말하기보다 동물적인 면모만이 강조된다. 여기서 개인들의 존재는 사라지고 자연(본능성·동물성)과의 동화로 파악된다. 이런 점에서 사실주의 작가들이 동정적인 문학과 보수주의 문학보다 서민들을 중요시 여기고 더 진실하게 그리기는 하지만, 하층민들이 제대로 완전히 이해되었다는 것을 의미하지는 않는다. 소설에서 이들 하층민들의 표현될 권리는 역사적이며 사회적인 합법성에 근거하기보다 이국주의 경향이 내포한 일탈처럼 차이점과 기이함을 통해 표현된다. 즉 이타성과 차별화에 근거를 둔 것, 다시 말해 서민은 별종으로 여겨진 것이다. 공쿠르 형제도 자신의 《일기》에서 말하는 것처럼 그 시대의 많은 작가들처럼 서민을 경멸하는 풍토를 받아들인 것이다. 소설에 서민을 끌어들인 것은 이해하고자 하는 시각만큼이나 자신들과는 다른 어떤 이타성을 반영하고자 하는 욕망에 의한 것이다.

그럼에도 사회의 최하층을 그린 것은 이상주의에 대항한다는 정당한 동기를 충족시킨다. 졸라도 《목로주점》서문에서 이 작품이 진실을 다룬 것이고 서민에 대한 최초의 소설로 거짓말하지 않으며 하층 계급의 냄새를 진정 느끼게 하는 소설이며, 이들이 무지 속에서 힘든 노동과 비참한 환경으로 잘못된 사람들임을 옹호한다. 이들은 하층 계급이라는 주체를 택함으로써 인물 주체를 규정해 온 기존의 위계질서를 거부하는 의지를 보여 준다. 자연주의자들은 이제껏 사회의 미미한 존재였던 이들을 완전히 변화된 관점에서 소설에서의 권리, 즉 진지하면서도 비극적으로 표현될 수 있는 당당한 인간 존재로서의 권리를 부여한다. 물론 고전적 비극이 일상과 현실과 거리를 두며 초월을 위한 이상화의 경향을 보인다면 일상에 편입된 자연주의 소설의 하층민은 초월이 없는 세계에 살고 있다. 옛날 형태의 신도 운명도 없이, 초월을 대신하는 다른 결정 요인들, 시대·환경·유전과 같은 요인들의 영향, 개인들이 피할 수 없는 경제적·사회적 힘의 논리에 지배된다. 유전이라는 힘에 의해 전락으로 갈 수밖에 없는 졸라의 인물들은 자신들도 어쩔 수 없는 또 다른 힘의 희생자들이다. 제르베즈·나나·르네·무레 신부 등은 고대의 숙명대신 취기·음란함·탐욕이라는 막강한 힘 또는 광기에 휘둘린 비극적 운명의 인물들이다.

5) 인상주의적 기법

인상주의의 빛은 자연주의적 글쓰기에 다양하게 반영된다. 특히 공쿠르 형제가 이런 미학적 혁명의 선구자였다. 공쿠르 형제의

《마네트 살로몽》(1867)은 인상파의 모든 소재들을 담고 있다. 이들은 풍경에 관한 한 인상파의 파격적인 점을 취하고 있다. 숲과 바위의 자연 풍경대신 새로 지은 빌라들이 있는 언덕, 사람들의 발길로 닳은 작은 숲들과 같이 이들은 사람에 길들여진 풍경을 택한다. 이들은 위대한 그림들의 진지함과 기품보다 자유롭고 활기찬 야외, 햇빛을 분산시키는 물과 같은 분위기를 중시하며, 보트놀이·여가·자유분방한 생활의 파리식 열정을 선호한다. 이들의 소설에 많이 등장하는 카바레, 정자에 앉아 있는 외설적인 매춘부들과 예술가들은 이미 모네와 르누아르의 〈보트놀이 하는 사람들〉(1881)을 예고하고 있다. 흔들리는 물결 속에 담긴 색조들, 매어 놓은 카누에 부딪치는 물결들은 센 강을 그린 모네·르누아르·시슬레의 터치를 느끼게 한다. 이 화가들처럼 공쿠르 형제는 보색의 효과를 포함해 햇빛의 모든 효과들을 보여 준다. 세탁한 하얀 옷들이 빨강과 초록으로 뒤섞여 반짝이는 모습, 황혼으로 붉게 타오르며 반사하는 지붕들, 땅을 이상하게 밝아 보이게 하는 노르스름하게 물든 하얀 집들이 연구된다. 노련한 미학자들인 이들은 미술학교에서 강조하는 사물들의 윤곽을 중시하는 데생을 오히려 함정으로 보며, 아카데미적인 관념들을 뒤집어 놓는다. 습관적으로 검게 칠하는 그림자는 장소의 모든 미묘한 차이를 드러내 주는 색깔로 묘사되고, 부드러운 파란색과 나무들의 초록색을 보여 준다. 이런 식으로 세상에 대한 각각의 인상들은 모자이크처럼 나누어진다.

이들 형제 못지않게 자연주의자들의 색조는 극도의 검은색으로 나타나는 《제르미날》만 제외하면 다양한 색깔들로 빛의 해체, 상호 작용을 풍부하게 보여 준다. (예: "파랑·노랑·초록이 센 강의 춤추는 듯한 물결 속에서 뒤섞여 흩어지면서 부서지고 있었다."《사랑의 한 페이지》) 나아가 달라진 빛 속에서, 일상적인 세계가 낯설어 보이는 것을 새로이 발견한 자연주의 작가들은 **밤의 인위적인 빛의 세계**에 열중하고 탐색한다. 졸라의 《쟁탈전》에서 커피숍 테라스에 앉아 있는 손님들은 가스등의 강한 불빛 아래 탈색된 것 같은 파리한 얼굴과 희미한 미소로 나타난다. 어둠 속을 달리는 마차등은 빛을 남기며 사라지고, 거리는 광고의 불빛들로 모네와 피사로가 그린 밤처럼 수천 개의 불빛들이 현란하게 춤추는 환상적인 장면이 된다. 밝은 가로등으로 행인들의 그림자는 이상하게 보이고 자동인형같이 짧게 끊어지는 모습이 때로는 기괴해 보이기도 한다. 《목로주점》에서 제르베즈가 가스등에 가까이 갈 때 그녀의 그림자가 오그라들었다가 멀어질 때는 절을 하는 것처럼 코가 나무와 집들에 부딪쳐 보인다.

또한 도시 풍경을 처음으로 찾아낸 인상주의화가들처럼 자연주의 작가들은 **도시의 시학**을 발전시킨다. 《걸작》《쟁탈전》에서 회화의 모든 소재들(얼룩덜룩한 포스터가 붙어 있는 가두판매대, 합승버스의 노란색 차체, 가게들, 헌책방의 진열대들)은 색채의 합창을 들려 준다. 모네처럼, 때로는 그보다 더 먼저 위스망스·모파상·졸라는 진보와 평등에 대한 환상 그 자체였던 역들의 주변 풍경들을 그려낸다.

그러나 이런 화려한 색채보다 이들이 택한 **시선의 혁명**이 더 인상주의적 기법을 보여 준다고 할 수 있다. 항상 새로운 호기심을 가지고 도시를 바라보는 자연주의자들은 소설에서 시각의 다양한 각도를 보여 준다. 리슈 카페 위에서 내려다볼 때 신문 가판대는 베네치아식의 커다란 가로등으로 보일 뿐이다(《쟁탈전》). 백화점의 이동 계단 위에서 원근법으로 그려진 여자 손님들은 상부 돌출로 확대되어 보인다(《행복 백화점의 부인들》). 반대로 아래에서 위로 잡은 각도는 지붕 위에서 일하는 함석 지붕공들의 윤곽을 엄청

나게 커 보이게 한다(《목로주점》). 이처럼 자연주의 작가들의 세계
는 현실을 그대로 재생하는 평평한 사진 기법과는 달리 **초현실주
의적인 모자이크**로 변화된다. 극장과 소극장은 드가처럼 조각난
이미지들을 표현하기에 유리한 장소가 된다. 《목로주점》에서, 무
도회에서 나나를 찾고 있던 쿠포 부부는 사람들 머리 위에서 돌다
가, 가라앉다가 다시 튀어나오는 모자만을 볼 뿐이다. 마네가 사람
들과 사물들을 우연의 만화경 속에 병치하기 위해 거울에 비치는
영상을 사용하듯이, 폴리-베르제르 극장에서 행인들의 얼굴은 음
료수 파는 상인들의 등과 겹쳐진다. 백화점에 산더미같이 쌓인 리
본들은 얼굴의 일부를 잘려나가게 하고, 거울에는 거꾸로 비추어
진 얼굴들과 어깨와 팔만이 대부분 나타난다. 대담한 전경은 중요
한 장면을 희생시키면서까지 거의 모든 시각을 점유한다. 무대 한
구석만 보이는 커튼 뒤에 숨어 나나를 보는 뮈파 백작에게 나나의
등, 내민 가슴, 벌린 팔만 보일 뿐이다.

　마네처럼 자연주의 작가들은 **전체를 위해 세부 묘사를 희생**시키
기도 한다. 사물들은 우선 채색된 단순한 덩어리로 표현된다. 《나
나》에서 경마장 관람석에 앉아 있는 관객들은 **빽빽하고 분명치 않
은 덩어리**를 형성한다. 어두운 바탕에 희미한 얼굴들이 점점이 박
혀 있는 모습이다. 게다가 이상해 보이는 작은 얼굴들이 뭉쳐 있
는 가운데 뒤틀린 팔, 검은 점으로 보이는 눈들, 벌린 입들 위로
작은 용광로의 보이지 않는 불꽃처럼 공기의 떨림만이 감지될 뿐
이다. 졸라는 이와 같이 눈부시게 밝은 여름날 목격되는 현상, 나
아가서는 겨울의 난로 위에서 흔들리는 공기의 물결을, 열기로 인
해 나타나는 떨리는 형태들을 이해한다. 그는 또한 마네나 모네처
럼 빛이 과도하게 나타나는 현상도 그려낸다. 너무 밝은 빛으로
인해 검은 연미복, 노동자들의 푸른 작업복은 손과 드러낸 어깨들

로 하얀 큰 점들이 튀어 묻은 듯 보인다. 인상주의의 기법들은 소설에 넘쳐나고 있다. 1873년의 카푸친 거리에서 모네가 비난받았던 검은 줄들은 검은 개미들의 띠모양이 되고 검은 점들이 우글거리는 모습이 된다. 그러나 점묘기법은 사물들의 내적인 구조로 들어가는 방식이기도 하다. 엘리자가 친구 알렉산드린의 머리를 빗어 줄 때, 그녀의 머리에서 생생한 빛처럼 작은 반짝임들이 퍼져나가는 모습은 마치 쇠라의 그림과도 같다.

이런 자연주의자들의 시선은 고전주의적 관념과 대립된다. 예를 들어 다비드(1748-1825)의 그림을 생각해 보자. 정면적인 그림은 분명히 구분되는 수직축과 수평축을 중심으로 동형을 이루는 집단들로 구성되어 있다. 객관적인 색조는 완전무결한 데생 속에 갇혀 있다. 육체·얼굴은 모두 아주 세밀하고도 정확하게 그려진다. 자연주의 작품들이 시각의 범위를 해체하고 선과 색조에서 일으킨 혁신은 마네·드가·모네의 반란적인 의지에 영향받은 것이다. 자연주의 작가들과 인상파화가들은 같은 미학의 두 가지 표현을 의미한다.

시각이 중요해진 것은 막 발전되기 시작한 사진술과 더불어 현대성을 보여 주는 기관으로 인식되면서부터이다. 자연주의 작가들이 사실들의 생생한 관찰과 기록들을 소설의 필수 조건으로 여기는 것은 이들이 보는 것을 중심으로 글쓰기, 현장에서의 조사를 중요시하는 것에도 잘 나타난다. 플로베르의《작업 수첩》, 공쿠르 형제의《일기》, 졸라의《조사 수첩》모두 현장성과 순간성을 포착하는 시각의 중요성을 충분히 보여 준다. 졸라의《조사 수첩》은 사진작가와 영화촬영가의 감각을 갖춘 신문기자 졸라의 모습을 생생히 느끼게 한다. 이들의 시선은 가시권을 넓히고 가독성을 증폭시킨다. 그러나 자연주의 작가들은 시각이 지식의 전달 수준의 개념에 그치지 않도록 사물들의 이면을 그려낼 수 있는 문학을 원한다. 이들의 사물을 보는 방식과 관점은 바로 이들 나름의 독특한 글쓰기를 끌어내며 이들의 문체가 된다. 그런 점에서 졸라가 기질을 통해 사물을 보듯이, 그리고 모파상과 같이 환상이라는 자신만의 시각으로 사실을 느끼는 독특한 감수성이 의미하듯이 자연주의적 시학이란 사실을 새롭게 조명하는 어떤 시각을 만들어 내기 위해 사용되는 모든 방법들이라고 할 수 있다.

인상주의 기법에서 발전되어 나온 지금까지의 실질적인 화법의 모방을 넘어 자연주의적 문장작법의 또 다른 특징은 **비인칭 사용과 모순어법, 환유법의 사용**이며, **이미지를 위해** 동사와 형용사보다 명사를 사용한다는 점이다. **형용사를 대신한 추상명사**(주로 복수)는 존재의 의미를 총괄적으로 파악하게 해준다. 제르미니가 여주인을 대하는 태도는 '개처럼 순종적으로'가 아니라 '개의 순종심으로(des docilités de chien)'라고 표현된다.《제르미날》에서 '거의 아무것도 걸치지 않은 여자들'이라고 하는 대신 '여자들의 나체성(des nudités de femelles)'으로 표현된다. '순종성' '나체성' 같은 명사가 존재의 의미를 더욱 느끼게 해준다고 볼 수 있다. 또한 **명사화된 형용사**는 수식된 대상 그 자체보다 먼저 감각성을 느끼게 한다. 그래서 자연주의 작가들은 자주 형용사대신 명사화된 형용사를 사용한다. 예를 들어 하얀 속옷들(les linges blancs) 대신에 같은 의미이지만 어순을 바꾸어 '속옷의 **흰색**들이 파랗게 보인다(les blancs de linge deviennent bleus,《제르미니 라세르퇴》)'로 표현함으로써 흰색을 강조하고 색채의 감각적인 면을 살린다.《마네트 살로몽》에서 코리오리스는 '주둥이가 깨진 물단지(un pot égueulé)'에 의해서가 아니라 '물단지의 파손(l'égueulement d'un pot à eau)'에 의해 상처를 입게 된다. 즉 시선을 끄는 것은 이 빠진 부분이며 바로 이 파손된 부분을 통해 주전자 전체가 인지되는 것이지 그 반대가 아니다.

　동사의 명사화도 생동감 있는 묘사를 가능케 한다. 명사에 동사의 가치를 부여하는 접미사 −ment(떠밀기와 심하게 압박하기des bousculements et des échignements; 공쿠르 형제), 합승마차의 구르기(le roulement des omnibus; 졸라), 비의 후려치기(le cinglement de la pluie; 본느탱 · 위스망스)를 많이 사용하면서 본래 의미를 전달하는 동사는 사라지는 경향이 있다. 게다가 '……가 있었다(il y avait ……)' '그것은 ……이었다(c'était……)' 와 사물이나 비인칭이 주어로 오는, 중성적 연동소를 사용하는 것은 인물들의 시점에 직접성 · 무매개성을 부여한다. 인식의 강도를 표현하기 위해 때때로 **동사없이 명사문이 중첩**되는 문장이 사용된다. 인상을 나열할 때는 명사군의 집합을 사용한다. 잘 어울리지 않는 어휘들을 묶어 놓은 액어법(le zeugma)은 서로 낯선 두 사실들이지만 경험을 통해 내적으로 연결된 사실들을 통합시킨다. 이런 모든 문식은 언어의 분석적인 논리와는 상관없는 직관적인 생각, 본능적인 생각을 전달하기 위해 발전된다. 이처럼 언어적인 혁신을 이룬 풍부한 자연주의적 은유는 바로 인상주의 화법에서 지대한 영향을 받았다고 할 수 있다.

　이 외에도 많이 사용되는 기법으로, **환유**는 드가처럼 과감한 분할을 끌어들이며 초현실주의적인 효과를 보여 준다. 즉 소녀는 '숱이 많은 덥수룩한 머리의 레이스 매듭' 으로 표현된다. 또한 '시든 봄' '태어나지 못한 싹들' 과 같은 **모순어법**은 텍스트 안에 비논리적인 것을 나타나게 한다: 문장 속에서 어구의 위치를 바꾸어 놓는 **대환법**을 포함해 이 모든 기법들은 언어의 수준과 언표의 내용 사이에 괴리를 놓고자 한 의도로 독자들을 심각하게 분노케 했음을 알 수 있다. 위고도 이미 이런 반란을 원했지만 바로 자연주의 작가들이 이런 언어의 반란 계획을 자신들의 책임으로 자각했다.

6) 기질과 무의식의 심리학

졸라가 '예술 작품이란 기질에 의해 보여지는 자연의 일부'라고 했듯이, 모두 외부 세계의 자극에 같은 방식으로 반응하지는 않는다. 《테레즈 라캥》부터 졸라는 기질과 기질들 간의 상호 작용에 미치는 환경의 영향을 보여 주면서 열정을 엄밀히 분석한다. 테레즈는 둔하고 무감한 남편의 림프 기질에 적응할 수가 없다. 혈기 왕성한 로랑을 만남으로써 그녀의 신경질적 기질이 나타난다. 로랑의 거친 피는 테레즈의 신경과 만나면서 섬세해지고 뒤끓기 시작한다. 이 두 연인들은 일종의 감각의 홍수를 겪으며 살인으로까지 가게 된다. 그러나 육체에서 출발한 변화들은 곧 뇌와 연결된다. 처음에 살인에 대해 어떤 가책도 느끼지 않았던 로랑은 점차 자신의 다혈질적인 건강함을 잃어버리게 된다. 그는 조그만 일에도 공포를 느끼며 끔찍한 악몽에 시달리게 된다.

졸라는 몇몇 소설을 통해 논리적 심리학의 실패를 보여 주며 무의식의 심리학을 향해 나아가고자 한다. 《인간 야수》에서 드니제 판사는 심리학적 관점에서 그랑모렝과 세브린 루보의 살인 사건을 추리한다. 그는 어떤 부류의 소설가들을 반영하고 있으며, 이들과 같은 실수를 한다. 소설가들은 자신이 왕·살인자·도둑 등이 된다면 무엇을 할 것인지, 무엇을 생각하고 어떻게 행동할 것인가를 생각해 본다. 그러나 세브린이 살해된 사건에는 어떤 합리적인 동기도 없다. 자크는 자신이 사랑했던 여성을 죽이지만 자신도 그 이유를 이해할 수 없다. 본래 자크는 정부인 세브린과 같이 그녀의 남편을 죽이기로 계획을 세운다. 그 계획은 이해 관계에 의한 것이고 논리적인 살인 계획이었다. 그러나 자크는 그를 죽이러 숨어든 집에서 죽음의 저항할 수 없는 충동에 휩싸여 남편을 죽이는 대신 오히려 자신의 연인 세브린을 목졸라 살해한다. 《사랑의 한 페이지》의 여주인공은 드베를르 부인의 불륜을 막기 위해 그녀의 남편을 미리 불륜이 예정된 장소로 불러오게 하나 오히려 그곳에서 자신이 그와 사랑을 나누게 된다. 그녀의 의식적인 동기들은 정직한 것이나 그녀 자신도 전혀 알 수 없었던 욕망의 알리바이일 뿐이었다.

이처럼 졸라의 관찰은 우리 행동의 진정한 동기를 대체로 우리가 알 수 없다는 사실까지 밀고 나가며, 이성의 결여 혹은 환각 · 환상 · 정신착란과 같은 무의식적 작용의 결과인 심적 상태를 그리게 된다. 《테레즈 라캥》에서 카미유의 초상화는 살인자들의 신혼 첫날밤부터 이들의 정신을 사로잡고 이들은 침대 속에서 카미유의 익사 시체를 느낀다. 강박증을 쫓기 위해 그림을 그리는 로랑의 모든 초상화에서 카미유의 얼굴이 나타난다. 제르미니는 애인에게 버림받은 후 모든 샹들리에, 가구의 다리, 안락의자의 팔걸이들에서 음란한 형태들이 떠오른다. 과부와 결혼한 《벨 아미》의 인물은 자신이 남편의 환상에 사로잡혀 있음을 느낀다.

분명하고 사유적이며 명철한 의식은 정신 기능으로 나타나면서 절대적인 힘을 잃어버린다. 이렇게 성적 충동, 무의식에 깃든 인간 야수적 충동은 자연주의 문학의 중심을 이룬다. 신경증적 여성 · 살인범 · 변태성욕자 · 광인 · 알코올 중독자들의 병리학은 공쿠르 형제 · 졸라 · 에니크 등의 자연주의 작가들에게 임상학적 연구 대상이 된다. 심리학자의 주관성과는 달리 자연주의 작가들은 행동에 대한 객관적인 설명을 한다. 현실 속에 사실이 숨어 있듯이 심리학은 책 속에 숨겨져 있어야 한다고 생각한 이들은 독자들의 해석에 내맡긴다. 쿠포가 제르베즈와 랑티에의 관계를 모르고 있었는지는 독자들의 해석에 달려 있다. 어쨌든 모파상이 말한 것처럼 우리의 얼굴을 그리는 화가라 해서 우리의 뼈를 보여 주지는 않는다.

모파상은 《벨 아미》의 기회주의자 뒤루아의 심리 묘사를 계단을 올라가는 상징적인 장면에서 교묘히 담아낸다. 그의 심리는 몸의 육체적이고 사회적인 이미지를 통해 분석된다. 뒤루아의 개성은 그의 내면성을 통해 드러나는 것보다 그가 불편해하고 낯설어하는 그 어색한 옷에 내재된 기호처럼 독자들이 수수께끼처럼 해독해야 하는 모든 기호들을 통해서 더욱 드러난다. 복장에 대한 관심, 거울 앞에서 멋스러운 모습을 연습하는 그는 매춘부처럼 자신을 팔 수 있는 남자임을 드러낸다. 그가 사교계의 인물로 보이기 위해 빌려 입은 의상은 그의 인물의 진실을 밝힌다. 그는 사교계 인사들처럼 놀라고, 즐거워하고 찬성하는 연기를 하는 배우일 뿐이다. 빌려 온 개성, 거짓된 개성으로 사는 그는 자신을 언제나 다른 이로 생각한다.

자신의 옷, 사교계의 사회적 코드에 낯설어하는 뒤루아는 자신에게는 더 낯설다. 그는 거울 속에 비친 잘 차려입은 남자를 처음에는 알아보지 못한다. 거울에 비친 모습이 없다면 우리들 자신에게 우리들은 무엇일 수 있을까? 자신의 지나가는 모습을 비쳐보면서 뒤루아는 "멋진 작품이군"이라고 말한다. 심리분석은 이런 나르시스적 경험을 중요하다고 볼 것이다. 자신의 모습은 우선 길들여야 하는 타자의 모습이다. 그러나 19세기 때 거울은 사치품이었고, 오직 상류층과 매춘부들만이 벽거울이나 전신을 볼 수 있는 체경을 사용할 수 있었다. 독자들은 뒤루아의 이발용 거울을 통해 보여지는 몸의 일부분, 나누어진 몸의 모습만 볼 수 있었으며 그 것은 마치 정신적인 병의 심리적 경험과 근접한다. 자아의 일체성 은 사치라는 것을 모파상은 보여 주며 낭만적 심리학의 환상을 해 부한다. 그 자신도 겪고 있었던 분신의 경험에 매료된 그는 놀라 운 현대성을 가지고 거울의 심리학적 기능을 분석한다.

중요 소재를 격자 구조 속에서 반복하기 위해, 또는 그 의미를 밝히기 위해 화폭에 거울을 사용한 화가들처럼 모파상은 거울 앞 에서 잠시 멈춰 선 순간을 상징적인 기능으로 전환시킨다. 뒤루아 의 영예로운 상승에는 십자가의 길 같은 어떤 역설적인 것이 들어 있다. 소설 내내 거울과 그림의 이미지는 그에게 다시 반영된다. 그리스도의 그림에서 자신의 모습을 발견하게 되는 장면은 자신도 알지 못하는 사이 죽음을 향해 나아감을 보여 준다. 로마군들이 유 다 왕이라는 제목하에 그리스도에게 우스꽝스러운 옷을 입히고 조 롱하는 것과 마찬가지로 왕이라는 뜻을 내포한 뒤루아라는 이름 도 그의 빌려 입은 우스꽝스러운 옷과 기묘하게 어울린다. 사실 뒤 루아는 모험가이며 퇴락한 그리스도이다. 그를 포레스티에 부인 의 거실로 안내하는 하인의 검은 정장과 그의 옷이 같다는 것은 그도 하인의 정신과 같다는 진실을 의미한다.

초보 단계의 정신의학과 사회학이지만, 자연주의 작가들은 낭만 적 심리학에 대해 비평한다. 졸라나 모파상에서 환상적인 것은 더 이상 초월에 대한 응답이 아니라 무의식의 어두운 힘을 반영한다. 다시 말해 자연주의 소설가들은 심리학을 모른다고 비난받았지만 정확히 심리학자들처럼 심리한다고 말할 수 있다.

7) 신화의 변용

졸라처럼 신화를 현대적으로 풍부하게 구현해 낸 작가는 많지 않을 것이다. 전설·민담·신화 등 신비한 이야기가 풍부한 남부 프랑스의 정서가 그의 신화의 보고를 형성하는 밑바탕이 되었을 것이다. 그러나 그에게 있어서 신화는 19세기 인간들의 감수성에 반향을 일으키는 한에서만 가치가 있다. '루공 마카르'라는 가계수는 일종의 생명수이며, 이것은 그 자체 기원에 대한 질문을 담고 있다고 할 수 있다. "졸라 시대의 사람들이 고전적이고 웅장한 신화를 표현한 데 반해 졸라는 육체와 욕망이라는 감각적 차원에서 즐겨 그린다."(리폴, 1981:60, 70) 특히 졸라는 1) **신화를 패러디함으로써 여기에 새로운 의미를 부여**한다. 《쟁탈전》에서 르네는 오페레타의 우스꽝스러운 새로운 페드라로 상징되며, 신화를 재해석한 위펠 드 라 누의 연출은 현실적 삶과는 아무 상관없는 상징주의에서 헤맸기 때문에 우스꽝스러워진다. 그의 무대에 등장한 올림푸스 신들로 분장한 상류층도 마찬가지로 우스꽝스러워지고 이런 희극성은 이들 사회의 전락과 해체를 상징한다. 또 다른 면은 2) **신화에 등장하는 신들에 식욕과 성욕과 같은 본능의 원시적이고 폭력적인 힘을 반영**하는 경우이다. 《쟁탈전》에서 유혹자 스핑크스처럼 아름답고 잔인한 흡혈귀 같은 퇴폐적인 페드라·비너스·사티르·님프의 이미지가 그렇게 씌어진다. 이런 신화의 에로틱한 면은 제2제정의 정신을 패러디하며 폭력과 악을 행하도록 인간을 몰아가는 충동의 화신과 같은 폭력성을 나타낸다. 다른 한편 신화는 장식적·패러디적인 차원을 넘어 졸라의 세계관에 어떤 형태를 부여하는 데 기여한다는 더 중요한 역할을 한다. 3) **한 사**

회의 통념적인 신화의 허구를 폭로하고 졸라만의 새로운 신화관을 제시하는데 있어서 아주 효과적인 힘을 발휘한다. 《제르미날》의 신화적 차용은 이 점을 잘 나타내고 있다.

(1) 신화의 보고: 《제르미날》

천재적 이야기꾼 졸라의 《제르미날》은 옛 신화와 옛날 이야기의 태곳적 인물들과 함께 시적 신화적 세계가 풍부하게 그려진다. 보뢰 탄광에 갇힌 채 제물이 되는 광부들은 **미노토르와 미로의 신화**를, 광산으로 내려간 에티엔의 항거로 죽음을 맞이하는 보뢰 탄광은 죽음의 지하 세계로 내려가 괴물 미노토르를 처치한 **영웅 테제**의 신화를, 카트린을 따라 갱으로 내려간 에티엔은 죽음-지하의 세계로 에우리디케를 구하러 간 **오르페우스** 신화를, 불 · 물 · 가스로 인한 형벌 장소인 지하 탄광은 **지옥 신화**를, 구세주였다가 희생제물로 핍박받는 에티엔은 **구원자-희생양의 신화**를, 자본은 동굴 속에 숨어 인간을 삼키는 **식인귀**라는 동화적 이미지로, 모든 실패를 딛고 일어나는 광부들은 땅속에 뿌려진 검은 씨앗으로 **'탄생의 신화학'** 이라는 새로운 비전을 보여 준다. 특히 "**어머니-대지의 신화**는 다른 신화를 통합시킨다. 대지는 지하의 삶과 죽음 그리고 탄생의 신화적 의미를 부여받는다."(리폴, 1981:85) 자본을 인간을 삼키는 신-괴물이라는 파괴의 신화로, 광부들을 검은 씨앗의 이미지로 전환시키면서 땅 속에서 움트는 탄생의 신화로 그린 것은 《제르미날》의 가장 뛰어난 부분으로 볼 수 있다. 이런 수많은 이미지들로 소설은 역사의 공간인 동시에 꿈의 공간이 된다. 졸라의 《제르미날》의 지속적인 성공은 사회적 · 역사적 진실을 넘어서 이런 이미지들에 힘입어 다른 세계로의 전이를 가능케 하는 역동적 힘에 기인한 것이라고 할 수 있다.

우선 탄광의 지하 공간은 매장의 개념을 내포한다. 그곳에서 광부들은 벌레, 살았으나 죽은 사람들, 무덤에 갇힌 죄수들의 이미지를 보여 준다. 또한 협소한 갱, 갱 내 가스로 질식시키는 공간으로 나타나며, 보뢰('삼키다'의 뜻이 있음)라는 이름에서도 알 수 있듯이 보뢰 탄광은 인육을 삼키는 괴물로 상징되면서 보이지 않는 강자들의 세력이 괴물처럼 약자들을 삼키는 공간이 된다. 이런 적대 관계의 팽창된 긴장들은 조그만 균열이 있어도 그 틈을 통해 엄청난 힘으로 폭발될 수 있는 내재된 힘이다. 이런 초긴장과 대립은 파업의 이미지를 통해 말세적인 **대재앙의 신화, 묵시론적인 종말의 신화**를 보여 준다. 광부들의 폭동으로 이어지는 파업 장면은 노동자에 대한 그 시대의 이데올로기를 가장 잘 보여 준다. 이 파업 장면에 나타난 노동자들은 사나운 야수 같은 폭도들로 묘사되며, 라 마르세예즈, 단두대의 칼날 같은 도끼의 이미지는 되돌아온 대혁명의 공포 정치 시대를 연상시킨다. 의지적인 항거라기보다 피의 본능적인 폭력으로 묘사된다. 더구나 대혁명과 같이 단번에 혁명이 모든 것을 뒤집어엎고 성공한다는 신념의 이면에는 불과 물의 대재앙이 온 후(보뢰 탄광은 무정부주의자 수바린에 의해 폭발되고 물에 잠긴다) 세상은 정화되고 새로운 행복한 세상이 시작된다는 지복천년설의 신념이 깔려 있음을 볼 수 있다. 그러나 그 시대인들의 바로 이 신비주의적 믿음의 뒤편에는 도피와 무기력의 심리가 들어 있다. 여기에는 혁명과 항거에 깔린 낭만주의적 · 신비주의적 믿음에 대한 졸라의 비난이 담겨 있다고 볼 수 있다. 혁명은 당연히 실패하고 사람들은 다시 순종과 굴욕의 지하 세계로 내려간다.

그러나 《제르미날》의 마지막 장면에서 알 수 있듯이 광부들은 에티엔처럼 이 비참한 억압과 불공평한 상황을 이겨내기 위해 싸우는 이들로 변화된다. 지하로 다시 내려가는 광부들의 얼굴은 소설 처음의 무력한 얼굴들이 아니다. 그들이 떠나는 에티엔의 손을 굳세게 잡을 때, 단번에 모든 것을 파괴해 버리는 폭력의 무용성을 깨닫고 노동 조직을 결성해서 합리적이고 조직적으로 자본이라는 괴물과 새롭게 싸우려는 각오를 전해 준다. 절대를 꿈꾸며 단번에 혁명이 성공하고 세상을 바꿀 수 있다고 보는 것은 낭만적인 신비주의적인 믿음으로서 현실을 변화하고 개선시킬 수 없는 세기말의 병이라고 간주되며 이 정신들을 극복하고 현실의 진실을 보면서 싸울 준비가 된 사람들만이 더 나은 세상을 이끌어 낼 수 있다고 설파된다. 소설의 마지막 문장에는 **땅속의 저주받은 검은 인간들이 씨앗으로 변화되는 탄생 신화**에서 파괴와 죽음의 신화를 극복하고자 하는 미래의 비전이 제시된다. 이 책 전체에 흐르고 있는 희망과 탄생의 신화는 시사적 사건에다 서사시의 격을 부여하면서 비극적 숙명의 고리를 깨트리고 있다. 이런 신화적 요소들은 현실을 과거화한 것이 아니라 현실 집단의 욕망을 내포한 형태로서 한 시대의 불안·희망·꿈을 함축적으로 표현하고 있다. 이 신화들은 과거의 죽은 의미가 아니라 역사의 중요한 면을 재해석할 수 있는 새로운 의미를 부여받는다.

(2) 어머니 신화

졸라의 소설들에 나오는 어머니는 인물로서가 아닌 문체로서 연구되어야 할 것이다. 《루공 집안의 운명》에 나오는 세 유형의 가족상들은 어머니라는 이미지로 응축되는데, 대립들간의 투쟁 혹은 통합이라는 사회의 숨은 욕망과 희망을 드러내고 있다. 사물의 궁극적 실체를 표현하기 위해 정신이 이미지를 이용하는 이유는 이

실재가 개념으로 단순화될 수 없는 모순되는 방식으로 표현되기 때문이다. 결함을 가진 원죄 어머니의 존재(아델라이드 푸크)는 금지된 것에 대한 접근으로 새로운 대립의 시작이며, 이런 대립적 경향들은 통일성의 원칙에 복종되거나 모순적인 종합으로 간다. '원죄 어머니'의 존재는 '실패한 구원자 어머니' '남성적 어머니' 같은 양성적이고 모순적인 어머니상으로 확장되며, '구원자 어머니' 탄생의 필요 조건이기도 하다.

원죄 어머니-영원한 타자

졸라의 신화인류학은 원초적 폭력의 개념 위에서 시작된다. 결함을 가진 어머니, 원죄 어머니는 졸라의 가족 구조에 나타난 원형적 구조의 하나로 바로 이 폭력의 기원을 상징한다. 루공 마카르의 시조 어머니인 아델라이드는 마카르가 억울하게 살해된 후부터 신경증적 발작을 일으킨다. 그녀의 주기적인 광증과 발작은 영원히 되풀이되는 인간의 발작증, 광기의 순환을 의미한다. 그녀의 광기는 또한 바로 입신욕망과 탐욕에서 나온 루공가의 광기이기도 하다. 《루공 마카르》 총서의 기원 소설인 《루공 집안의 운명》은 바로 살인이라는 피에서 시작됨을 보여 준다. 그녀의 자식인 피에르 루공의 태초의 살인은 루공가의 인물들에게서 끊임없이 반복된다. 이 반복되는 전략을 끊을 수 있는 길이 있을까. 결함 있는 어머니의 존재는 그 결함을 극복하고자 하는 어머니 유형을 서술 구조에 이미 포함하고 있다고 할 수 있다. 바로 거기에 세상을 변화시키고자 하는 졸라의 사상이 전개된다. 이 구조의 정반대에 위치하는 것은 마리아-아기 예수와 같은 구원의 모자상이다. 원죄 어머니에서 구원의 어머니(또는 모자상)로 가는 구조는 대립적인 것들의 투쟁에서 통합성으로 가는 원형적 구조이다. 그 중간에 과도기적으로 나타나는 어머니형들이 구원에 실패한 수치당한 동정녀와 폭력의 변이인 남성적 어머니이다.

수치당한 동정녀

《루공 마카르》 총서에서 상당히 많이 등장하는 것이 바로 부당하게 살해되는 어린 소녀들이다. 《루공 집안의 운명》에서 미에트는 동네에서 따돌림당하는 하층민이다. 죄를 씌워 동네 밖으로 내쫓기는 속죄양(scape goat)이기도 한 그녀는 희생양이며 동시에 아무 죄없는 어린 양-순교자이다. 어린 나이에 억울하게 죽는 미에트는 수치당한 동정녀의 이미지로 잉태-탄생에 이르지 못한 실패한 구원자 상을 의미한다. 미에트의 본래 이름은 마리아이다. 아가씨와 어린이의 모습을 동시에 보여 주는 미에트처럼 동정녀와 어린이의 결합은 순수함의 신화적 모습이다. 이들은 모두 죽음으로 끝남은 위대함과 순수함을 더 강조해서 보여 주기 위한 것이며, 죄의식과 벌의 신화와 대립된다. 그러나 구원자의 예고는 피에르 루공처럼 권력과 돈을 위해 공격할 준비가 되어 있는 강도 패거리라는 적그리스도의 등장을 또한 필요로 한다. 권력을 장악한 강도떼들은 이제 자신들을 합리화할 새로운 이미지가 필요하며 군중들의 구원자에 대한 믿음을 활용할 수밖에 없다. 여기서 태어나는 것이 바로 남성적 어머니이다.

남성적 어머니

"남성적 어머니는 심리학적 용어로 본다면 남근을 가진 어머니이다. 아버지로부터 팔루스의 상징을 거세한 어머니로 삶과 질서가 아닌 횡포와 살육을 상징한다. 팔루스를 가진 여자란 나를 흡수하고 나를 무로 환원시킨 어머니로 행복과 동시에 죽음의 유혹이다."(장 벨맹-노엘, 2001:44-45) 현대의 남근은 돈이다.《루공 마카르》총서에서 가장 중요한 어머니 펠리시테는 아델라이드를 대체하고 자신이 시조가 되고자 하는 어머니이다.《루공 마카르》총서의 마지막 소설인《파스칼 박사》의 끝 장면은 돈과 권력에 대해 화려한 이미지를 제시하면서 군중들을 사로잡는 그녀의 승리로 장식된다. 이 장면에서 그녀는《루공 집안의 운명》에서 자신이 희생시켰던 노동자들과 제휴하며 한때는 자신의 적이었던 이 사람들의 환호를 받으며 신처럼 군림한다. 그녀가 이끄는 왕국은 자본주의 제2의 전성기이다. 지배를 위해 힘으로 굴복시키는 시대(《루공 집안의 운명》)는 지나갔다고 보며 이제는 노동자들을 감동시키는 일이 필요해진 시대를 보여 준다. 성 밖이나 사막으로 내몰린 희생양-죄인처럼 인식되어 결코 성 안으로 들어올 수 없었던 채 살해되었던 이들 노동자들은 이제는 성 안으로 당당히 들어와 펠리시테를 자신들에게 부와 평등을 가져올 새로운 어머니 여신으로 환호한다. 그러나 그것은 영원히 지속되는 권력의 지배-피지배 관계를 어머니라는 이미지를 이용해 부드러운 것으로 만들고 복종을 가족간의 통합처럼 인지시키는 가족 이데올로기의 효과적인 도구가 된 이미지일 뿐이다. 권력-돈에 대한 잔혹한 욕망을 풍요의 이미지인 어머니로 위장한 펠리시테는 남성적 어머니의 실체를 가장 분명히 보여 준다. 그녀와 노동자의 결합은 자본과 기술의 결합으로 인한 진보적 미래라는 황홀한 미래를 보여 주면서 아델라이드로부터 시작된 정체성의 불안을 극복하고 통합에 이르렀음을 의미하고자 하지만, 이들 노동자 집단들이 펠리시테라는 자본가이며 선동가인 인물에게 매혹되는 무지한 대중의 모습, 그리고 광고의 막강한 힘에 순종하는 소비자의 모습과 겹쳐질 때《루공 집안의 운명》에서 펼쳐진 소극보다 더욱 교묘해진 현대적 소극의 시작을 알린다. 루공 집안의 운명이 시간의 역행으로 이루어진 것처럼 그녀가 파스칼이 평생 기록해 놓은 엄청난 양의 서류들, 역사의 진실을 기록한 서류들을 태우는 장면에서도 펠리시테의 실상이 드러난다. 그녀의 성공은 시간의 퇴행으로 이루어진 것일 뿐이며, 사실상 진보적 시간에 대한 믿음이라는 것이 시간상의 퇴행적인 인물인 펠리시테를 통해 육화된다는 데서 진보의 믿음에 숨어 있는 폭력적 이중성과 퇴행성이 고발된다.

구원의 어머니 또는 모자상

《파스칼 박사》에서 남성적 어머니 펠리시테와 대립하는 클로틸드의 수태한 처녀−어머니상에는 예전의 청교도적 도덕관대신 수태가 새로운 가치로 자리잡으면서 성적 본능의 원죄에서 벗어남을 상징한다. 졸라의 작품에 언제나 존재했던 신경증 · 광기 · 피를 순환시키는 나쁜 여자들의 순환을, 그리고 생물학적 차원의 인간을 마침내 극복했음을 의미한다. 잉태에 이르지 못한 동정녀가 잉태를 통해 창조에 이르는 모습을 상징하며 원초적 통일에의 향수, 대립과 양극성을 소멸시키려는 욕구이다. 클로틸드는 처녀이자 동시에 어머니이다. 처녀의 순결함과 수태의 풍요로움을 동시에 가진 여성성을 의미하며 성처녀 마리아처럼 구약의 죄와 벌의 신화를 인내와 사랑의 신화로 바꾸는 놀라운 인물이다. 그녀의 잉태는 루공 마카르의 전락 요인들을 극복하고 새로운 세계를 창조할 수 있는 힘을 의미한다. 클로틸드는 우선 루공가의 한 사람이다. 파스칼과의 근친상간적인 면은 도덕적 차원의 불륜이라기보다 "신화적 의식의 차원에서 이해되어야 한다. 그들이 사랑을 나누는 장소가 집앞의 제2의 장소로, 집보다 더 우주적이며 상징적인 동굴이다. 일종의 신전과 같은 성스러운 곳이다. 이들의 사랑은 두 신성의 만남(과학에 대한 신념과 절대에 대한 욕망)이며 이 두 가지 상반된 것의 결합은 바로 연금술적인 결합이다. 이들의 결합은 자신과 세계의 재생이라는 파우스트적인 꿈이 내포되어 있다."(바글리, 1974:160-162) 물론 그당시 국가의 인구 증가 선전과도 맞물리는 출산에 대한 찬미가 들어 있다. 아이의 탄생은 모든 것을 면죄받을 수 있게 한다. 과학자이며 유물론자인 파스칼을 통해 관찰·진실·인간애(사랑)를 배운 클로틸드는 파스칼에 의해 교육되지만 그를 초월한다는 점에서 루공가의 또 다른 미래가 될 수 있는 인물로, 자본주의적 변질인 펠리시테라는 남성적 어머니와 대립된다. 펠리시테가 불태운 서류——파스칼이 기록해 놓은 루공가의 역사——대신 아기의 신선한 살내를 간직한 옷들로 채워진 옷장은 순결과 풍요를 나타낸다. 파스칼의 서류들이 불타 없어지는 결말은 철저히 실제 자료들을 수집하고 그것을 바탕으로 진실을 쓰고자 한 자연주의와는 오히려 대립되는 결말이지만 엄밀히 말해 자연주의가 지향한 것은 사회와 자아의 진실된 삶이라는 점에서 그리 어긋나는 결말은 아니다. 세상과 동떨어진 채 동굴처럼 자리잡은 클로틸드의 집——옷장의 확장——은 모태이다. 중심점·씨앗을 상징하는 이런 결말은 자연주의의 궁극적 목표를 형상화한다. 졸라의 집에 대한 상상계에서 벽장과 같은 닫힌 곳은 순수화의 조건, 어떤 행복의 조건이 된다. 이 우주의 배꼽이 되는 클로틸드의 집은 역사적 순환을 초월해서 중심이 되고자 하는 욕망으로 자신의 존재의 우주론적 실재성에 대한 향수, 총체적 인식에 대한 욕구이다. 그녀는 새로 시작되는 우주목-가계수에 대한 욕망을 상징하며 졸라와 그의 자연주의가 세계의 변화를 유도하고, 새로운 세계의 탄생을 주도하고자 하는 욕망을 가지고 있음을 보여 준다.

파스칼이 씨앗이라면 클로틸드는 양육의 임무를 띤다. 힘차게 젖을 빨고 있는 클로틸드의 아기 모습은 강한 생명력을 가진 인류를 상징한다. 그러나 아직 이름이 없는 아기는 양육자 어머니의 역할을 부각시킨다. 교육된 신지성, 인간애를 갖춘 양육자는 프랑스 혁명기 남성들이 여성 혁명가들을 제거하기 위해 남성적 어머니라는 괴물로 형상화시키고, 이에 대한 대체로 제시된 양육자−어머니 상보다 긍정적이며 현대적인 접근을 보여 준다.

《파스칼 박사》의 클로틸드는 루공가의 자손이라는 것 이외에 별 설명이 없지만, 《4복음서》에 와서는 기술+지성+자본의 행복한 결합으로 그녀의 실체가 더 구체화된다. 클로틸드에서 더 발전된 어머니 유형은 성스러움을 가진 동정녀의 이미지와 수태를 통해 어머니의 이미지, 그리고 거기에 부인의 이미지라는 세번째 이미지가 합쳐진다. 이런 복합적인 이미지는 아버지의 불안한 흔적을 없애고 바로 어머니 주위로 부드러운 체제를 세움을 의미한다. 《행복 백화점의 부인들》의 드니즈, 《돈》의 카롤린, 《삶의 기쁨》에서의 폴린처럼 부인인 동시에 어머니 같은 이 여성들은 남성적 독점을 방해하지 않는 부드러운 제국이 된다. 어느 면에서 어머니라는 인물들은 성적 본능의 원죄에서 벗어날 수 있는 인물이다. 《4복음서》 중 《노동》에서 뤽이 조진을 구원하게 되는 것도 그녀가 어머니가 되었을 때이다. 아이가 생김으로써 그도 조진도 구원된다. 뤽이라는 구원자−영웅과 민중의 중개자인 조진의 구원은 전 인류의 구원으로 연결된다. 이들 어머니는 바로 남성적 어머니가 보여 주는 자본주의 체제의 착취와 불의라는 폭력의 연쇄를 극복함을 의미한다. 뤽과 조진이 실제로 만들어 내는 것은 바로 선로·배·다리이다. 이들 소통의 수단, 여행 도구들을 만들어 내는 것은 지배−피지배의 수직적 체계를 극복하고 인류에 봉사하는 소통의 가능성·유동성의 성립을 의미한다.

졸라의 작품에 내재된 어머니 신화는 그 시대 가족상에 대한 직접적인 표현이 아니라 그 시대가 품고 있는 두려움, 희망을 드러내는 사회적 상상계에 속하며, 자연적 삶과 역사의 중요한 면을 해석하도록 이끈다. 졸라는 19세기말 프랑스 사회의 정서를 남성적 어머니의 출현을 통해 상징한다. 강한 남성적 어머니는 이미 대혁명을 통해 발전되기 시작한 인류의 자유와 평등에 대한 높아진 의식 덕분에 남성을 유혹하고 파멸시키는 '팜므 파탈(femme fatale)'과는 달리 통합이라는 여성성을 표면에 내세운 동시에 인간의 집요한 지배욕, 힘에 대한 욕망을 교묘하게 숨길 수 있는 이미지일 것이다. 졸라는 이런 남성적 어머니상의 정체를 고발하고 극복할 수 있는 차원에서 구원의 어머니상을 제시하고 있다. 그러나 진정한 현실이란 대립적 상황들의 역동적 긴장 관계라고 본다면, 졸라의 구원의 어머니상은 서로 인접한 긴장들의 통합이라는 어느 정도 이상적이고 신비주의적으로 보이는 신화를 계속 발전시킨다는 점에서 한계가 있다고 할 수 있다(조성애, 2002).

(3) 영웅-깨어 있는 자

이 인물 유형은 잠든 사회와 민중을 깨우며 과거의 영광을 일깨우고 새로운 위엄을 위해 싸움으로 이끄는 인물이다.《루공 집안의 운명》의 실베르는 오르페우스처럼 그들이 만나는 장소가 예전의 공동 묘지가 의미하듯, 죽음의 세계-노예 같은 노동의 세계에서 미에트를 구원하고자 한다. 실베르가 총살되던 장면이 올리브 동산으로 가는 예수를 상기시키키듯이 그는 탐욕과 이익의 사회라는 새로운 사회의 제단에서 희생된 순결한 희생양이다.《제르미날》의 에티엔,《노동 Travail》의 릭은 실베르처럼 개혁을 이끄는 인물인 동시에 제물로 희생되는 순교자-구원자의 모습을 보여 준다. 이들은 혁명의 신화와 연결되어 있다. 《루공 마카르》 총서는 많은 혁명가들이 나타난다. 이들은 변화·움직임, 다른 상태로의 전이라는 보편적 신화를 육화한다. 이런 끝없는 변화는 상업적·금융적 진보(《행복 백화점의 부인들》의 옥타브 무레, 《쟁탈전》과 《돈》의 사카르), 과학적·의학적 진보(《파스칼 박사》의 파스칼 박사), 정치적 파괴와 재건(펠리시테 루공, 포자 신부, 뤽 프로망), 사회적 불평등과의 싸움(《제르미날》의 에티엔)에서 나타난다. 이들은 모두 기존의 틀을 파괴하고 재건하는 이들이다. 이들 혁명가-영웅들은 독자들을 모든 안정성에서 끌어내고 잠재적 변화를 유발시키며 변화의 필요성을 절감케 한다. 그러나 대개 성공보다 실패의 영웅들이다. 《제르미날》의 수바린은 르 보뢰를 물에 잠기게 했지만 지하의 괴물 미노토르를 완전히 파멸시키지 못한다. 물론 《제르미날》의 결말은 새로운 시작과 탄생을 향해 열려 있다고 할 수 있지만 《인간 야수》는 형제 같은 자크와 페쾨 간의 살인으로 끝나면서 광기와 미지의 암흑을 향해 열린다. 어떻게 이 야수에서 벗어나 인간과 자연의, 정신과 물질의 행복한 통합을 다시 찾게 될까? 졸라에게는 유토피아로 도피하든가 복음으로 끝날 수밖에 없다.

《4복음서》에서는 풍요·노동·형제애·평화라는 가치를 중심으로 긍정적인 축이 이루어진다. 졸라의 신화적이며 유토피아적인 마지막 소설들은 아버지로서의 행복과 드레퓌스 사건의 영웅으로서의 말년의 졸라의 위치와 무관하지 않다. 《4복음서》 중 《노동》은 인간 조건에 대해 낙관적인 생각을 표출한다. 노동은 죽음의 본능을 승화시키는 소설이다. 뤽은 구원자와 동일시되고 "여인이 구원되는 날 세상은 구원될 것이다"라는 그의 말은 복음서와 똑같이 울린다. 그는 구세주처럼 박해받으나 용서한다. 졸라는 인간의 구원이라는 자신의 개념에 가톨릭의 상징적 형태와 가치들을 빌려오지만 가톨릭 교회는 철저히 부정한다. 석탄과 금속으로 상징되는 불의의 사회를 과학 · 전기 · 협동을 통해 순수하고 박애넘치는 사회로 만든다. 모성적인 사랑, 가부장적 정의, 화해를 이룬 인류는 욕망, 살해의 난폭한 불을 끄고 전기라는 새로운 빛으로 빛나는 도시 속에서 무한한 미래를 가진 인류의 행복에 기여한다. 예언자들이 꿈꾸게 하는 부활대신 과학과 세속인들이 이루어 낸 구원인 셈이다. 그러나 뤽의 공장이 태양열을 이용한다는 점에서, 즉 태양을 길들임은 정확히 말해 제국주의적 계획을 내포하고 있다. 태양열 이용, 또는 정복은 고갈되지 않는 보물을 소유하고자 하는 욕망으로 축적의 욕망을 기반으로 하는 항문기적 특성을 보여 준다. 이런 식민지화는 졸라의 유토피아의 심층적 의미를 드러낸다. 바로 이런 이유에서 《노동》이 어떤 것보다 자연의 운명을 극복함을 찬미한 책이지만 진정한 해방이라고는 볼 수 없다. 여기서 유토피아는 보호 또는 위안이라는 화해의 시도일 뿐이다. 그러나 더 이상 유토피아를 꿈꾸지 않는다면 바로 인간만이 누릴 수 있는 즐거움의 권리 하나를 포기하는 것이 되지 않을까.

(4) 졸라의 신화인류학

《루공 마카르》 총서 이전의 작품들인 《테레즈 라캥》(1867) · 《마들렌 페라 *Madeleine Férat*》(1868) · 《클로드의 고백 *La Confession de Claude*》(1865)은 "타락한 여성 3부작이라고 할 만한데, 가계의 순환 이전에 여인의 순환이 앞서 존재함을 보여 준다."(카를, 데그랑주, 1995:9) 이들 여인들 내부 깊숙이 깃든 인간 야수는 욕망에 의해 일깨워지고 음란한 괴물의 신경증으로 발전되어 나아간다. 과

거의 환영인 이 괴물은 현재에 다시 돌아온다. 사랑은 타락과 살인이나 광기로 몰고가는 저주이다. 이런 여성의 신경증이라는 주제는《루공 마카르》의 모태가 된다. 그러나 사실 "여성의 이미지는 남성의 무의식을 모두 결합시키는 환상적 장소이다. 타자처럼 여성 인물은 자아를 위협한다."(샹탈 베르트랑, 1977:9) 루공 마카르의 이야기는 이들의 시조인 아델라이드의 신경증–균열을 이어받아 균열 속에 뿌리내린 이들의 이야기이다. 이 균열은 바로 기원의 인간에 깃든 원초적 폭력성이 환경에 의해 언제라도 다양한 형태로 다시 터져나올 수 있는 틈을 의미한다. 이런 타자의 존재, 악의 존재는 거기에서 해방되어야 하는 전제를 이미 내포하고 있다. 즉 잃어버린 낙원을 다시 찾는 이야기가 될 것이다.

《루공 마카르》 총서의 기원 소설인《루공 집안의 운명》에서 이들 가계의 기원, 즉 이 소설을 이루는 기원이 바로 살인임을 보여 준다. 이런 점에서 "졸라의 신화인류학은 원초적 폭력의 개념을 바탕으로 깔고 있다. 이 태초의 살인은 인간에게 영원히 되돌아온다." (장 보리, 1971:69) 졸라의 원초적 살인 신화는 그 시대의 믿음인 진보의 발전사관과는 어울리지 않게 인간 야수의 영원한 회귀라는 인간의 숙명을 보여 준다. 조상들은 후손들을 결정짓고 후손들은 과거에서 벗어날 수 없으며 미래까지 그 운명은 이어진다.《루공 집안의 운명》의 실베르는 정의와 평등이라는 새로운 사회를 꿈꾸며 노동자들의 시위에 참가하지만 그의 본성은 죽음의 욕망과 유혹을 벗어날 수 없다. 그는 언제나 공동 묘지에서 편안함을 느끼며 결국 이 묘지에서 살해될 때에도 고향에 돌아온 듯한 일종의 평화를 맛본다.《인간 야수》의 자크는 언제 어디서 튀어나올지 모르는 조상서부터 내려온 살인 본능으로 괴로워하며 결국 살인의 욕망에 굴복하고 아무 이유없이 자신이 사랑한 한 여성을 살해한다.《제르미날》의 장랭, 본 모르도 이유없이 살인을 저지른다. 죽음에 이끌리는 인물들을 그려내는 이런 졸라의 신화인류학은 본능적이고 억제된 것의 비밀을 말하려는 데 있다. 졸라는 인간을 추락시킨 원죄신화와 같은 숙명을 가계의 순환보다 먼저 나타나는 타락한 여성의 순환으로, 그리고 생물학적 용어(균열·유전)로 표현한 것이다. 그러나 우리 안의 야수가 우리 모두를 휩쓸고 가는 회오리의 중심에는 아무도 없다. 모두를 파괴시키는 나나처럼 폭력의 가해자도 결국은 희생자일 뿐이다. 마찬가지로 《인간 야수》의 마지막 장면에서 전장으로 떠나는 군인들을 싣고 기관사도 없이 미친 듯이 달리는 기차는 막을 수 없는 죽음의 욕망을 보여 준다. 진보를 상징하는 기계-기차는 팔루스의 상징이기도 하다는 점에서 진보의 뒷면, 즉 욕망의 거칠 것 없는 분출과 동시에 파괴를 가져올 야만성의 분출을 의미한다. 자유는 결코 완전할 수 없다. 그러나 이 무시무시한 장면을 제시하는 것은, 인간이 죽음의 본능(원초적 폭력)에서 벗어나려면 이것을 마주 보는 용기뿐이라는 사실을 졸라는 말하고 싶은 것이다. 죽음이 부인되지 않는 가운데 죽음을 지배하거나 통합시키는 일종의 타협인 셈이다. 졸라의 좌우명('하루에, 한 줄이라도 쓰지 않고는 지내지 말 것')은 일에 대한 그의 높은 평가를 보여 주는데, 그에게 있어서 일(노동)은 자연의 야성적 힘을 제어하는 것으로 간주된다. 이 글귀 속에서 삶은 절제이며 에너지를 즉각적으로 소모만 할 것이 아니라 에너지의 방향을 전환시키려는 그의 의도를 엿볼 수 있다. 다시 말해 유전이 제공된 에너지라면 노동은 이 유전을 재건하고 변화시키며, 이 둘의 공존으로 삶은 계속된다는 것이 졸라의 생각임을 알 수 있다.

III
에밀 졸라의 소설 세계

1. 《루공 마카르》 총서 이전

졸라가 26세이던 해의 데뷔 작품인 《니농에게 들려 주는 이야기들 *Les Contes à Ninon*》(1864)은 남부 프랑스에서 보낸 졸라의 청소년 시절의 향수와 더불어 낭만주의의 흔적을 가지는 동시에 파리 생활이라는 고된 현실을 환기시키며 진실에 대한 염원을 드러낸다. 그의 최초 소설인 《클로드의 고백 *La Confession de Claude*》(1865)은 사랑에 의한 창녀의 구원이라는 낭만주의적 허구를 그리지만 그의 작품은 이미 심리학적 영감으로 독특한 모습을 띠게 된다. 《테레즈 라캥》(1867) 이후부터 낭만주의에 대해 신랄하게 비평하기 시작한다. 이 소설은 자연주의적 관점을 옹호하면서 인간 야수에 숨어 있는 본능의 돌발을 연구할 권리를 요구한다. 여성과 남성이 채워지지 않은 욕망 속에서 살인과 자살로 가게 되는 피할 수 없는 장치를 그려낸다. "진실은 불처럼 모든 것을 정화한다"라고 졸라는 말한다. 졸라는 《마들렌 페라》(1868)에서 다른 유전 상황을 분석한다. 마들렌은 자크와 사귀다가 기욤과 결혼한다. 그러나 그녀는 첫번째 연인의 흔적을 지니고 있다. 기욤은 그녀 안에서 자크의 자취를 발견하고부터 그녀를 더 이상 소유할 수 없다. 그녀가 자살한 후 그는 서서히 미쳐 간다는 내용으로 무의식의 심리학이 이미 시작되고 있음을 보여 준다.

2. 《루공 마카르》 총서(1871-1893)

졸라가 《루공 마카르》 총서의 계획을 세운 것은 1868년에서 1869년 사이였다. 《테레즈 라캥》에서 기질의 반응을 연구하는 데에 그쳤지만 여기서는 더 분명하게 환경이 인물들에게 미친 영향을 드러내고자 한다. 그당시 생리학이 거둔 성과에 깊은 관심을 가진 그는 사회적 소설 연작보다 과학적 소설 연작을 쓰려는 것이 자신과 발자크와의 다른 점이라고 확신한다. 톱니바퀴처럼 맞물려 돌아가는 사회 구조보다 생리학이 더 중요하다는 것이며 한 가족만 가지고도 환경에 의하여 변하는 종족의 구조를 보여 주면서 자연과 인간에 대한 방대한 조사를 시도하겠다는 것이다. 루공 마카르의 이야기는 졸라가 말한 대로 혁명 전에는 쓸 수 없었던 것으로써, 혁명 후에 새로운 욕망에 눈뜬 사람들이 사회적 신분 상승 욕망을 강하게 표출하기 시작하면서부터 모든 종류의 욕망과 야심이 부딪치는 이야기이다. 1789년 이후의 이상 흥분이 루공 마카르의 시작점이다. 그리고 그의 시대가 발자크의 《인간 희극》 시대보다 갑작스러운 경제 발전과 위기, 풍속의 부패, 새로운 세력으로 떠오른 민중에 훨씬 더 강하게 위협적으로 노출되어 있었던 만큼 그의 인물들은 훨씬 더 충동과 욕망을 격렬하게 가지고 있다. 발자크의 소설에서 쟁탈전에 뛰어들었던 인내심 많은 중산층이 소수에 그쳤다면,

제2제정과 함께 이들은 군단을 이룬 한떼의 사냥개들로 출현한다고 졸라는 말한다. 중산 계급이라는 새로운 왕조의 생명력과 힘에 대한 인식이 루공 마카르의 바탕을 이루고 있다고 할 수 있다.

《루공 마카르》 총서의 부제가 〈제2제정 시대 어느 집안의 자연적 · 사회적 역사〉이듯이 이 총서 시리즈는 사회사 · 자연사와 관련된다. 단 하나의 가계를 통해 혈통과 환경의 문제를 연구하는 동시에 제2제정기 전체를 연구하면서 사회적 시대상을 송두리째 보여주고자 한다. 졸라는 공쿠르 형제처럼 현대사의 역사가로 자리잡으며 소설을 현대사와 동일시한다. 그러나 공쿠르 형제들과는 반대로 사회적 차원에다 자연적 차원을 더한다. 즉 그는 사회학자인 동시에 생리학자가 되는 것이다. 환경이 자연적 변화에 미치는 영향을 통시적 차원과 공시적 차원에서 살펴보는 것이다. 전자는 자연과 시간을, 후자는 공간과 환경을 참작하는 것이다. 이 두 축——유전적 축과 생태학적 축——은 하나의 전체성을 이루어 낸다.

유전과 균열의 재현은 단지 사회적 · 자연적 한계들로 사로잡힌 인간의 현대적 현실을 이해시키는 것만이 목적이 아니라 작품 전체에 일관성을 부여하는 도구이기도 하다. 뤼카 박사의 책들을 열정적으로 탐독했지만 졸라는 유전을 모순되는 자료로 보고 있다. 즉 유전은 같은 것의 **재생**인 동시에, 태어날 때부터 자신만이 가지는 고유한 특성인, **생득성**이라는 다른 성질을 내포하고 있다. 즉 이런 유전의 두 가지 측면은 모방과 창조라는 말로 지칭할 수 있다. 물론 이것이 모순적으로 보이지만 졸라는 이분법적 논리를 극복하기 위해 과학을 사용한 것으로 볼 수 있다. 이런 이중성을 가진 유전의 개념은 차이를 조절하게 하여 엄격한 체제 한가운데에서 자유로운 놀이를 가능케 한다. 실험의 개념과 더불어 관찰은 상상을 허용하며, 환경의 개념은 사회의 주변부라고 부르는 것을 진지하게 생각하게 만든다. 살인자나 예술가를 다룬 소설이 거기에서 나올 수 있는 것이다.

그런 점에서 동일성과 이타성의 다양한 변화의 놀이를 유도하는 유전적 전이와 출산에 대한 담론은 바로 예술적 발전에 대한 담론이기도 하다. 클로드라는 화가가 완성한 유일한 그림은 죽은 아이를 그린 것이다. 이것은 불완전한 천재화가 또는 그의 안에서 작동되는 균열을 상징한다. 《루공 마카르》총서 마지막 소설《파스칼 박사》에서 파스칼은 자신의 가족을 부인해 왔지만 결국 그의 가족에 내린 저주, 균열을 받아들이며 클로틸드의 형이상학적 질문들을 수용한다. 그는 그녀의 자유분방한 환상을 받아들이며 이제는 아무것도 더 두려워하지 않으면서 마침내 아이를 탄생시킬 수 있게 된다. 그는 자신이 죽은 날짜를 마지막으로 기록한 후 자신의 작품(가계사 기록)에 마침표를 찍는다. 졸라 자신을 상징하는 상도즈 · 파스칼 같은 인물을 통해 글쓰기 자체를 재현하는 과정을 보여 주는 《루공 마카르》의 이야기가 바로 글쓰기의 문제를 작품 중심에 제시한 것임을 알 수 있다. 작품은 이런 글쓰기라는 소실점을 가짐으로써 역동성을 갖게 되고 작가로 하여금 어떤 총체성을 만들어 내게 하며 하나의 세계로서 작품을 제시하게 한다. 졸라는 홀로 대홍수를 이겨내고자 하는 노아의 방주의 이미지를 여러 번 사용하는데, 이 배는 바로 세상의 격자 구조로서 세상을 재생하기보다 세상을 대신한다. 자신의 타자를 지속적으로 발전시키고 그것을 통합시키는 졸라식 체계의 목표는 사실들 · 현상들의 기재 또는 세상의 재생을 넘어 허구의 발전(창조)을 도모하는 것이다.

20권의 이 소설들은 유전으로 인한 '균열'에 뿌리를 두고 있다. 《루공 집안의 운명》에서 이들의 선조인 아델라이드 푸크는 자신의 농장의 채소재배자 루공과 결혼한다. 이들에게서 루공가라는 적자

가계가 시작된다. 이들 루공가는 사회적 신분 상승을 꿈꾸는 부류를 형성한다. 《쟁탈전》의 벼락출세자들, 《돈》의 은행가들, 《외젠 루공 각하 *Son Excellence Eugene Rougon*》의 장관들이 이들에게서 나온다. 루공의 죽음 이후 아델라이드와 밀수꾼 마카르와의 관계에서 마카르가라는 사생아 가계가 나온다. 이들은 민중의 삶을 대변한다. 《목로주점》《제르미날》의 노동자들, 《대지》의 농부들, 《패주 *La Défaite*》의 군인들, 《파리의 복부》의 상인들이 마카르 계열이다. 그리고 끝으로 이 두 가계가 결혼으로 섞이는데 이들의 자손들은 《살림》의 중산층들로, 《행복 백화점의 부인들》의 기업가로 성장한다. 이들 외에 졸라는 주변인들의 병리학을 관찰하는 공간을 만들어 내는데, 이 별도의 세상은 창녀(《나나》)·살인자(《인간 야수》)·사제(《무레 신부의 실수》)·예술가(《걸작》), 나아가서는 학자(《파스칼 박사》)로 구성된다.

졸라는 새로운 소설을 시작할 때마다 사회적 장을 먼저 정한다. 그는 탐구해야 할 목록을 마치 사회백과사전 시리즈 형태와 비슷하게 미리 세웠다. 군대에 관한 소설, 예술가를 다룬 소설, 사제를 다룬 소설, 매춘 소설, 노동자 계급의 소설, 농부를 다룬 소설식이었다. 그렇기에 우선 이 장에 해당되는 자료들을 모으고 그다음 플롯을 세운다. 여기서 플롯이란 자연과 사회를 접합시키는 것이다. 이처럼 《인간 야수》는 철도계를 다룬 동시에 범죄 소설이다. 《나나》는 풍속 연구인 동시에 육체의 전능함을 노래한 시이기도 하다. 자연사와 사회사는 서로 받쳐 주고 맞물리면서 소설의 줄거리를 이룬다. 바로 이런 점이 졸라의 사실주의의 특징이다. 한 음역에서 다른 음역으로 오가면서 해석으로 나아간다. 졸라에서 보이는 이런 이중적인 구성은 실상 사실의 효과보다 의미의 효과를 더 중요시 여긴다.

다음에서《루공 마카르》총서 중 프랑스에서 상대적으로 잘 알려진 작품들을 몇 편만 소개하고자 한다. 참고로 1972년과 1993년에《루공 마카르》총서가 포켓판(Livre de Poche)으로 발행된 부수에 의하면 1972년에는 총 8백41만 7천 부가 발행되었으며,《제르미날》(1백13만부)·《목로주점》(80만)·《인간 야수》(69만)·《나나》(57만)·《쟁탈전》(46만) 순이고, 1993년에는 총 1천7백94만 부가 발행되었는데《제르미날》(3백20만)·《목로주점》(2백28만)·《인간 야수》(1백30만)·《행복 백화점의 부인들》(1백27만)·《무레 신부의 실수》(1백15만) 순으로 나타난다(파제, 1993:60). 많은 작품이 영화화되었는데 그 중에서 대중적으로 호응을 얻은 작품으로는〈인간 야수〉(장 르누아르, 1938)·〈쟁탈전〉(로제 바뎅, 1965)·〈무레 신부의 실수〉(조르주 프랑쥐, 1970)·〈제르미날〉(클로드 베리, 1993)이 있다.

1)《쟁탈전》

《루공 마카르》총서의 서문 또는 기원인《루공 집안의 운명》이 끝나기도 전에 착수한 이 소설(1868-1869)은 졸라의 야심작으로, 1871년《클로슈 La Cloche》지에 연재되던 중 양모와 양자의 근친상간 장면에서 혁명 정부의 검열로 연재가 금지되었다가 1872년 책으로 나온다. 1868년과 1871년 사이에 발표된 졸라의 많은 글들은《루공 집안의 운명》보다《쟁탈전》의 주제에 졸라가 항상 더 이끌렸음을 보여 준다. 첫번째 소설이 한 보수적인 소도시에서 군사 쿠데타의 성공에 힘입어 중산층과 귀족 계급이 전략상 동맹을 맺고 권력과 재산을 차지해 나가는 것을 그린 것이라면, 이 두번째 소설은 파리를 중심으로 쿠데타 정부가 던져 준 사냥된 짐승들의 내장을 서로 차지하려고 사정없이 달려드는 개들간의 쟁탈전을 그린다. 제2제정 시기 파리 상류층의 쾌락에 탐닉하는 모습은 파리를 세계적 중심지, 현대적 도시로 바꾸려는 오스만의 야심찬 작업 시기와 더불어 그려지고 있다. 이 작업은 엄청난 작업과 경비를 요하는 장관이었다. 토지 수용 배상, 도로를 내기 위한 땅의 분할, 땅 투기붐으로 인한 졸부들의 등장은 졸라에게 언제나 매혹적인 주제였다. 초안에는 야심과 욕망의 대향연, 투기의 광태, 조숙한 젊은 이들의 어리석고 방탕한 생활, 극도의 사치, 과도한 정신과 과도한 육체로 타락되어 가는 사람들에 대해 언급되어 있다. 졸라는 이 작품에 열정을 기울였으며 극도의 정확성과 놀랄 만한 입체감을 주고자 했다. 그는 성공을 확신했으나 파리 혁명 정부가 들어선 혼란스러운 상황 때문인지 대중의 눈길을 끌지 못하다가 《목로주점》의 성공 이후 다시 비평가들의 눈을 끌게 되며 찬사를 받는다. 지금도 《루공 마카르》 총서에서 제일 우수한 작품군에 넣어지며 주제와 모티프들이 서로 얽혀 있는 복잡하고 정교한, 그리고 완벽한 건축물의 좋은 예로 "현실 세계의 전형적인 현상들을 환상적으로 투사시킨 소설-시라고 말해진다."(뒤세, 1970)

  파리로 올라온 루공가의 둘째아들 아리스티드를 중심으로 황금과 육체라는 두 주제 간의 관계를 그리면서 제국주의 사회의 이면을 폭로한다. 그러나 무엇보다 이 소설을 빛나게 하는 것은 이 두 주제가 형태 차원에서 이루어 내는 리듬이다. 특히 요소들의 반복적 이미지를 통해 이 새로운 제국이 창조가 아닌 패러디라는 사실을 암묵적으로 폭로하고 있을 뿐만 아니라, 이러한 반복의 문체를 통해 세부 묘사로 자칫 약화될 수 있는 작품 전체의 통일성을 굳건하게 해준다. 예를 들어 부분과 전체 간의 일관성을 강조하는 환유, 제유의 수법으로 여주인공 르네는 자신의 옷·마차·내실·저택·온실 등과 점차적으로 일치되면서 도시·사회·시대를 대변하게 된다. 대표적인 예를 들자면 중요한 세 공간(불로뉴 숲, 사카르의 저택, 온실)은 이들간의 어휘들의 유사성과 그 공간들을 구성하는 인물들의 재등장으로 서로 겹쳐지는 효과를 보여 준다. 그 결과 이 세 공간은 권력 찬탈자들과 그들의 동반자들인 졸부들의 만족과 행복의 이데올로기를 반영하는 공간이라는 같은 선상에 놓여지게 된다. 또 다른 예를 들자면 여주인공 르네와 양아들 막심과의 정사가 일어나기 전 창에서 보여지는 창녀는 이 일이 끝난 후 다시 창에서 보여지는데, 이런 반복의 효과는 내부의 장면에 동참하며 내부 장면의 맥락과 의미를 결정짓는다. (르네 역시 그녀와 다르지 않은 거래된 상품이었을 뿐이었다.) 모티프들과 세부적인 것들의 반복, 변화되거나 도치되면서 비슷한 장면들의 반복, 이미지들의 반복들뿐만 아니라 유사와 반복의 효과를 증가시키는 데 기여하는 반영의 모티프들(서로서로 반사되는 빛들과 교차되는 시선들, 거울)도 발전된다. 야릇한 밤거리의 소음도 르네와 막심이 불륜을 나누는 방에서까지 들리면서 이들 근친상간적인 커플은 파리 전체 사회, 제정의 퇴폐와 연결된다. 시간의 흐름도 마찬가지 역할을 한다. 소설이 시작되고 끝나는 장소가 같은 곳, 불로뉴 숲이라는 사실은 시간의 흐름은 환멸·권태만을 안겨 줄 뿐 어떤 변화도 없음을 상징한다. 이들 공간과 시간, 사물의 반복이 부여하는 이미지는 바로 빙글빙글 돌 뿐 결국 제자리로 돌아오는 닫힌 원이라는 이미지이다. 부패와 몰락의 이미지를 내포하는 이런 닫힌 흐름은 바로 황금과 육체를 새로운 가치로 받아들인 한 사회의 이미지이다. 부분과 전체의 관계가 절대적으로 지배하는 이 소설의 체계는 한 요소는 더 큰 다른 요소에 연결되고, 한곳의 과잉 생산과 소모는 다른 곳의 결핍을 낳으며 결국은 이런 과잉과 결핍으로 모든 것은 죽음으로 이르고 있다. 무한한 진보와 생산의 산업자본주의 이념과 제2제정에 이르러 극치를 보여 주는 욕망들의 엄청난 열기는 과잉 소모에 따른 필연적인 죽음을 향해 가는 것으로 그려진다.

그러나 환유와 제유가 지배적인 이 세계가 퇴행적인 결정론을 증명하는 《쟁탈전》에는 또 다른 리듬이 존재한다. 비록 앞의 리듬에 비해 약하게 존재하지만 이 죽음의 리듬에 대립하는 삶의 리듬을 보여 주는 공간들이 있다. 유아방과 그곳에서 내려다본 센 강은 후회하는 여주인공에게 삶의 무한한 생명력을 다시 일깨워 준다. 이 두 주기는 루공 마카르가의 주기 그 자체이며 나무로 나타나는 루공 마카르 가계 그 자체이다. 마치 나무란 하나의 뿌리에 결정적으로 종속되면서도 그 나무 자체는 무한한 생명력으로 뻗어나가는 모습이다(조성애, 1996).

2) 《목로주점》

1877년의 《목로주점》은 우선 이 작품으로 인해 벌어진 수많은 논란의 측면에서도 성공한 작품이었다. 그해 이 책은 3만 5천 부라는, 그 당시로서는 엄청난 판매 기록을 세웠다. 그 이후 졸라의 소설들은 엄청난 성공을 거두었다. 비평가들은 졸라의 상업주의를 매도했고, 사실 일반 대중들은 노골적인 장면들에 끌리는 편이었으나 그의 성공에는 또 다른 이유들이 있다. 그는 그때까지 누구도 다루지 않았던 사실들을 생생하게 느끼게 하는 작가였다는 점에서 진실의 면모를 담고 있었다. 그의 소설을 읽는 수많은 독자들로 엄청난 대중의 존재가 처음으로 드러나면서 프랑스 문학사에 새로운 지평을 열었다. 대중들은 그를 통해 소설이란 예술 작품인 동시에 이 세상이 주는 교훈임을 알게 되었다. 제2제정 시대에는 낭만적으로 인생을 그린 부르주아적 오락물에 매료된 독자층이 형성되어 있었던 반면《보바리 부인》《감정 교육》《제르미니 라세르퇴》를 읽는 독자층은 한정되어 있었다. 도시 변두리층을 그린 《제르미니 라세르퇴》를 변두리 사람들은 거의 읽지 않았다.

《목로주점》의 서문에서 졸라는 이 책이 "진실을 말한 최초의 작품이요, 서민의 냄새가 나는 서민에 관한 최초의 소설이다"라고 말한다. 그의 초고 노트에서는 하층민의 참담한 환경이 노동자들의 생존 조건에서 오는 것임을 설명할 것이라고, 요컨대 하층민 생활의 온갖 수치, 비참을 정확하게 그릴 것이나 지나치게 어두운 모습을 그리는 것보다 절대적으로 정확한 현실을 그릴 것을 언급하고 있다. 그는 결론을 내리거나 배척·비판 또는 설교하는 것을 삼갔다.《목로주점》에 진실의 힘을 부여하는 것은 줄거리가 아니라 바로 어떤 문체의 창조였다. 그는 하층민의 속어, 자유간접화법을 쓰면서 제대로 된 소설을 창조해 낼 수 있었다. 특히 자유간접화법을 통해 졸라는 주인공 제르베즈의 생각을 매개없이 그대로 드러낼 수 있었고 그녀가 타락해 가는 과정, 그리고 그 타락에 익숙해져 가는 모습을 실감나게 표현해 줄 수 있는 내적 독백을 이야기의 자연스러운 짜임새 속에 잘 혼합시켜 놓았다는 데에 그의 성공 요인이 있었다.

그렇다고 졸라의 생각이 전혀 개입되지 않은 중립적인 작품이라고 볼 수도 없다. 제르베즈가 바라보는《목로주점》의 알코올 증류기는 결코 중립적이지 않으며 벽에 비친 이 무시무시한 기계의 작동은 세상을 삼키는 괴물로 묘사된다. 증류기는 황금을 철로, 생명을 독으로 변화시키는 전락된 연금술의 도구이며 부패의 도구로 상징된다. 이 증류기는 소설의 해석에 중요한 열쇠로 이 모티프는 계속 나타난다. 철로 된 볼트를 만들어 내는 철공소의 기계도 일종의 증류기이다. 로리예 부부 · 제르베즈 · 랑티에 · 쿠포 · 구제 모두 증류기의 전락과 부패의 이미지로 연결된다. 증류기의 이미지는 그 은유가 분명히 나타나는 것은 아니지만 소설 구조 모두를 지배한다. 졸라의 사물들은 불투명하게 존재하지 않는다. 이들은 입 다물고 있거나 의미가 없는 것이 아니다. 오히려 이들의 묘사는 이들을 단순한 사물들의 위치에서 끌어낸다.

3) 《제르미날》

1884년 4월 《제르미날》을 쓰기 전, 졸라는 파업이 난 앙젱에 가서 직접 갱 내로 내려가 광부들을 만나 의문점들을 물어보았으며 광부촌을 방문했다. 그리고 그당시에 발표된 탄광과 광부들을 소재로 한 소설들을 포함해 수많은 자료들을 조사하고 읽었다. 그는 소설의 주제가 될 어떤 생각에서 출발하여 전체를 개략적이지만 정확하게 본 다음 현실을 고려해 넣는다. 그래서 창조 행위와 자료 조사는 밀접한 관계를 이루고 있다. 이 두 가지 작업은 서로서로 영향을 주며 반향한다. 입수된 재료들은 그의 어떤 생각을 위해 여과되고 선택되고 각색된다. 그러므로 이런 작업의 순서보다 중요한 것은 우선 그가 소설을 쓰기 전 한 가지 중심 생각에서 출발한다는 사실이다. 그런 의미에서 그의 창작 방법을 조명하려면 초안을 읽어보는 것이 매우 중요하다. 《제르미날》의 초안은 '소설은 노동과 자본의 투쟁을 그린다' 라고 소설의 근본적인 생각을 적절하게 요약하고 있다. 그는 노동자 전체를 짓밟고 있는 끔찍하면서도 정체를 알 수 없는 어떤 힘을 드러내 보여 주고자 한다.

《제르미날》은 1860–80년대 광산에서의 노동자 상황, 자본과 노동의 문제에 대한 탐색 소설로서 이들의 상황을 생활 참상 묘사주의를 떠나 진지하고 비극적으로 다루었다는 점에서 노동자층에 대한 새로운 인식을 보여 준다. 1885년에 출판된 《제르미날》은 얌전한 소설이 아니라 제도 · 돈 · 권력 · 지식 · 사회통념 · 억압을 파괴하는, 말로 된 지뢰밭이라고 할 수 있으며, '검은 입들의 부르짖음'이다. 1885년의 독자들에게는 거의 알려져 있지 않은 광산에 대한 이 소설은 파업의 범주를 넘어 전 유럽이 고통받고 있는 사회적 문제를 다루고자 하며 사회주의 문제를 제시하려고 한다. 《목로주점》의 연장선상에 있는 《제르미날》은 전자에서는 많이 다루지 못했던 노동자의 사회적 · 정치적 삶과 이들의 희망, 유토피아를 보여 주고자 한다. 그는 사실들을 솔직히 보여 줌으로써 하층 계급을 위한 공기 · 빛 · 교육을 요구하고자 한다. 진실을 말하면서 더 나은 사회가 태어날 수 있도록 용기를 주는 작품이고자 했다. 그가 인간과 사회 현상들을 결정짓는 비밀스런 장치들을 폭로하려는 것은 바로 현상들을 지배하고 개선하기 위해서이다.

《제르미날》의 시간적 배경이 되는 1866년과 1867년은 노동 환경이 점점 더 어려워지는 가운데 사회적 동요 · 물가 폭등 · 생활수준 저하를 겪으면서 1869년과 1870년에는 격렬한 파업에 이르게 된다. 실제 1884년의 앙젱의 파업에서는 《제르미날》처럼 군대가 파업 노동자들을 살해한 사건, 붕괴사고로 인한 죽음, 기아로 인한 죽음이 두루 일어났다. 졸라는 가장 어두운 색으로 가장 과격한 방식으로 노동과 자본의 적대 관계를 그리고자 한다. 내부 폭발을 일으키는 사회, 균열로 찢어진 사회, 공포 정치의 신화를 보여 주는 폭동에 대한 상상을 통해 졸라의 담론은 독자들에게 두려움을 주고 독자들을 깨우침으로 이끌고자 한다. 즉 '행복한 사람들'이 노동자의 비참에 대해 연민을 느끼고 정의를 열망하도록 이끌기 위해서이며, 급히 조처를 취하지 않는다면 되살아난 공포 정치 시대와 같은 피의 혁명을 통해 옛 사회는 붕괴될 것이라고 경고하려는 것이다. 사실 이런 일들은 30년 후 프랑스가 아니라 동부 유럽에서 일어난다. 졸라의 직감의 깊이를 알 수 있게 한다.

졸라는 극도의 대립을 통해 가능한 한 가장 많은 폭력을 보여 줄 수 있는 이야기 구조를 실행하고자 한다. 그래서 《제르미날》은 모든 요소들간의 대립으로 극도의 긴장을 연출한다. 우선 광부들과 익명의 사회(자본·지도부·기업)를 대립시킨다. 이 익명의 사회는 돈과 대자본의 막강하고 손상시킬 수 없는 현대적 형태의 집단 사회이다. 파업은 이 두 계급간의 전쟁 상태이며 무력으로 사회를 한순간에 무너뜨리게 하는 힘이고자 한다. 대립의 팽팽한 관계는 모든 방향, 모든 단계에서 이 사회가 보이는 긴장들을 강조한다. 자본 사이에도 대립이 있다. 소자본가 드늘랭의 소기업 탄광과 몽수의 대기업 탄광 간의 대립에서 소자본과 대자본의 대립이 나타나며 대자본의 승리로 끝난다. 하층 계급의 마으네는 중산층의 그레구아르네와 대립되며, 소자본 금리 생활자 그레구아르는 드늘랭의 발명적 자본과 대립된다. 부유한 유산 상속자 엔느보 부인과 중 정도의 월급을 받는 몽수 탄광 감독관 엔느보, 부르주아 처녀 세실 vs 노동자 처녀 카트린, 본모르 vs 그레구아르, 마으 부부 vs 엔느보 부부, 사랑의 삼각 관계를 보여 주는 엔느보·네그렐·엔느보 부인 vs 에티엔·샤발·카트린, 보수파 랑비에 사제 vs 사회주의자 주아르 사제, 연적과 양자의 신분에서 대립되는 에티엔 vs 샤발, 사회주의 이념에서 대립되는 에티엔 vs 수바린 vs 라스네르, 두 계층의 청년을 대변하는 에티엔 vs 네그렐, 노동의 가장 비참한 생산물인 본 모르 vs 자본의 가장 아름다운 상품인 세실 등 모든 인물들은 대립 관계 속에 놓여진다. 인물뿐만이 아니라 공간 도 대립 관계에 놓여진다. 광부들의 형벌의 장소인 지하 세계 vs 이들에게는 접근 금지된 중산층의 지상 세계, 생명력의 예찬을 보 여주는 영원한 봄의 코트 베르 vs 지하에서 타오르는 불로 저주받 은 황무지 타르타레, 나무가 우거지고 다양한 모양들의 중산층의 집들 vs 나무 한 그루 없는 군대 막사처럼 똑같은 회색빛의 광산 촌, 어두컴컴한 마으네 집 vs 밝고 화려한 그레구아르 집, 행동의 면에서도 이들은 대립된다. 광산촌 사람들은 어디서나 사랑을 나 누며 쾌락에 탐닉하면서 과도한 생명력을 발산하는 반면, 광산 감 독자 엔느보 부부는 충족되지 못한 성적 욕구에 고통을 겪는다.

그러나 이런 대립 중에서 가장 상징적이고 중요한 것은 보이지 않는 대자본의 실체를 상징하는 지하 세계 보뢰 탄광과 광부들과 의 대립이다. 졸라가 의도적으로 대립 관계를 극도로 밀고 나간 것은 이런 대립과 긴장을 통해 사회의 진실을 바라보도록 요구하 기 위해서이다. 이런 적대 관계의 팽창된 긴장들은 조그만 균열이 있어도 그 틈을 통해 엄청난 힘으로 폭발될 수 있는 내재된 힘을 의미한다. 파업은 이런 긴장들이 경계 밖으로 급작스럽게 유출되 는 것을 의미하며 그때까지 억눌렀던 폭력성을 풀어 놓게 한다. 광 부들의 극도의 비참은 인간 속에 잠재된 지하의 힘, 미지인을 해 방시킨다. 다음의 폭동으로 이어지는 파업 장면은 노동자에 대한 그 시대의 이데올로기를 가장 잘 보여 주는 것으로 소설의 정점이 되는 부분이다.

"라 마르세예즈를 부르는 검은 입들, 수많은 머리들 위로 하늘 로 향해 우뚝 솟은 도끼 한 자루, 마치 폭도들의 깃발처럼 보이는 단두대의 날카로운 칼날과도 같은 도끼의 모습, 저녁 노을의 핏빛으로 물든 들판을 분노와 배고픔으로 야수같이 질주하는 광산촌 사람들"(에밀 졸라, 1989:73-74)에서 보이는 산업 사회의 대립 관계를 반영하는 이 항거 모습은 양면적이다. 공포 정치 시대를 연상시키는 단두대 같은 칼날, 야수 같은 폭도들, 라 마르세예즈는 노동자들에 대한 중산층의 불안하고 부정적 시각을 그대로 노출시키면서 오히려 균형과 안정을 바라는 중산층의 욕망을 반영하고 있다. 여기에 깃든 생각은 중하층의 청교도적이며 억압적인 이념을 전한다. 그럼에도 이들 묘사의 문채와 리듬의 강력한 힘은 독자들의 기대 이상으로, 재앙의 환상이 언제나 도사리고 있는 곳으로까지 이끈다. 즉 독자들의 역사적 · 심리적 · 문화적 토대를 뒤흔들어 놓는 것이다. 기존의 표현 방식의 원칙을 파괴한 이런 전투적이고 재앙적인 글들은 사회적 평화에 대한 희망을 안고 계급간의 투쟁 앞에서의 침묵을 비난한다. 그당시 많은 이들의 눈살을 찌푸리게 하고 동요를 일으킨《제르미날》은 독자들을 모든 안정성으로부터 끌어내어 잠재적 변화를 유발시키며 변화의 필요성을 절감케 하는 소설이다.

19세기 소설들에 나타난 노동자들에 대한 이미지들은 우스꽝스럽게 묘사되어 왔거나 자연주의를 핑계로 중산층의 엿보기 심리를 만족시킨 노골적인 성적 묘사가 많았다. 물론 진지하게 취급될 때에도 노동자들은 항상 사제, 사장들과 같은 지배 계층의 교훈을 듣고 급속히 모범적으로 되는 경우로 그려져 왔다.《제르미날》은 이런 하층민의 풍속도를 떠나 이들 노동자들의 사랑 · 가족애 · 우정 · 연대감 등을 그리면서 대중 소설에서는 처음으로 진지하게 취급한다. 교훈적인 훈계도 더 이상 없다. 하층민을 향해서가 아니라 오히려 지배 계급을 향해서 윤리적 문제가 던져진다. 하층민은 처음으로 원죄 · 구원자에서 해방되어진다.《제르미날》에서도 진실을 보고자 한 자연주의자와 진실이란 행동하기 위한 것이라고 표방하는 행동주의자 졸라의 모습이 각인되고 있다. 이런 정신은 자연주의 문학에 참여 문학의 비전을 제시한다(조성애, 2001).

4) 《인간 야수》

《인간 야수》는 졸라의 독특한 구성 방식을 보여 주는 소설이다. 사회학과 생리학을 접합시키면서 그는 작품에 일종의 반추성을 부여한다. 이 소설은 알 수 없는 깊이의 상상계 · 진실 · 공포 · 허무가 존재하는 저 아래를 보여 준다. 기차 기관사 자크 랑티에는 성실하고 절도 있는 인물이지만 단지 여성을 살해하고 싶은 알 수 없는 욕망에 시달린다. 이런 강박증은 그의 특이한 광기, 다른 이들과의 차이로 나타난다. 그것은 가족 대대로 내려오는 유전의 나쁜 흔적이었다. 가족 유전은 다른 고대의 유전, 즉 종족의 유전에 속하는 동물성을 드러낸다. 졸라는 가브리엘 타르드의 비교 범죄학 이론을 적용한 듯하다. 타르드에 의하면 범죄인은 야만인도 광인도 아니다. 그는 그 안에서 다르게 조합된 종족이나 인류의 과거로의 퇴행 흔적을 보여 주는 것이다. 문명은 범죄적 본능을 축소하지 못하고 모양만 변화시킨 것 뿐이다. 계속 덮개들로 덮어 왔지만 구멍 나 있고, 그 구멍으로 모든 것이 터져나온다.

자크 랑티에의 광기 이야기는 기차가 내뿜는 엄청난 검은 증기와 죽음을 상징하는 철길의 붉은색 등, 빛과 함께 기차들이 나타나고 사라짐에 따라 나누어지고 가속화된다. 여기서 기차는 단순한 배경 요소가 아니라 운명을 진행시킨다. 그가 되살아난 살해 욕망으로 고통스러워하는 바로 그 순간은 기차가 터널을 빠져나오는 순간과 일치한다. 자크는 일에 몰두함으로써 자신의 기차에 온 열정을 쏟으며 자신의 살해 욕망을 잊고 치유하려 하지만, 그의 기차 라 리종이 전복되어 더 이상 움직이지 않을 때, 더 이상 그에게 복종하지 않을 때는, 자크 안에 숨은 길들여진 동물이 재갈을 풀고 도망가는 순간이 되며 마지막 살인을 예고하고 있다. 소설 내내 졸라는 기차와 동물을 함께 놓는데, 가장 진보된 기술—기차는 가장 오래된 동물적 충동을 동시에 표현한다. 기차를 통해 동물성과 기술은 동전의 앞뒤로 연결된다. 소설 마지막 장면에 어둠 속을 기관사도 없이 군인들과 대포를 싣고 전장으로 미친 듯이 달리는 기차는 다가오는 시대에 깃든 위협들을 내포한다. 전쟁이란 기술과 인간의 동물성이 만난 것이 아닌가.

뿐만 아니라 《인간 야수》는 허무가 아니라 허무에 떨어진 작품을 대상으로 삼은 소설에 대한 기나긴 설명 같다. 바로 소설 창작 곧 예술에 대한 생각을 보여 준다. 살인범을 찾는 드니제 판사는 살인사건들의 논리를 찾아내고자 한다. 그렇지만 그는 진실한 이야기보다 진실함직한 이야기로 간다. 여기서 진실 혹은 진범은 이성으로는 알아낼 수 없다. 드니제 판사는 진실을 말하는 이들을 거짓말이라며 소설을 쓰고 있다고 보나, 진실하다고 여길수록 더 허구인 소설을 창작하는 것은 바로 그 자신이 된다. 반자연주의 작가의 상징인 그는 결코 밝혀낼 수 없는 어둠 속에서 헤매게 된다.

졸라의 자연주의적 시도는 19세기 사실주의 역사에서 하나의 예외라고 할 수 있다. 그는 세상의 사물들을 이해하려는 의도에 바탕을 두고 있는 것 같지만, 이는 모든 재앙의 형태를 떠나 거대한 조립을 통해 작품에 이르려는 데 필요한 것이다. 자연주의는 소설의 가능성에, 플로베르가 말한 피라미드를 만들 작품들의 가능성에 도전한 것이다.

3. 《루공 마카르》총서 이후

1) 《세 도시》(1894-1898)

과학이 회의의 대상이 되고 정신주의적 반동이 일어나는 가운데 이상주의가 다시 돌아오는 세기말과 더불어 《루공 마카르》총서가 완성(1893)된 이후 졸라는 정신성에 대한 욕구에 대해 질문한다. 그의 《세 도시》는 교회에 의해 이용되는 인간의 맹신을 고발한다. 《루르드 *Lourde*》는 신전의 새로운 상인들을 조사하며 기적의 치료들을 폭로한다. 이 책에서 졸라는 인류가 지닌 환상과 믿음에의 필요성을, 《로마》에서는 낡은 가톨릭이 붕괴하고 세계의 방향을 새로이 잡기 위해 새로운 가톨릭이 발흥하는 모습을 보여 주고자 한다. 그는 피에르 프로망 신부의 사회적 온정과 로마 교황청의 탐욕을 대립시킨다. 개선하는 사회주의, 새로운 시작의 예찬, 인간적인 종교, 행복의 실현을 보여 줄 《파리》에서 피에르는 환속해서 과학에 의한 인간의 평화로운 해방을 찬양하는 비종교적인 '교회'를 세운다. 그는 세 도시 이야기에서 현실에 얽매이기보다 꿈을 보여 주고자 한다. 바로 이러한 꿈을 충실하게 실현시킨 것이 《4복음서》(1899-1903)로 여기에서 새로운 사도들인 마티유 · 뤽 · 마르크 프로망은 공화국의 이상을 선포하며 진보의 결과물을 수확하게 된다.

2) 《4복음서》(1899-1903)

《풍요 *Fécondité*》는 자연주의와 공화국을 찬미하며 끝없이 가지
가 퍼지는 상징적인 떡갈나무처럼 거의 모든 후손이 쇠락을 면치
못하는 허약한 《루공 마카르》 나무에 풍부한 탄생을 준비시킨다.
프로망가는 산업과 상업을 정복하며 식민지에 사람들을 정착시키
고 진보의 혜택을 전파한다.

《노동》은 《제르미날》의 정의를 외치는 이들에 응답하는 작품이
다. 자본·노동·재능을 결합하고자 하는 푸리에의 천재적인 솜씨
에 의존해서 뤽은 무정부주의적인 폭력과 집단주의의 비인간화를
피하고 노동 계급을 착취에서 해방시키는 이상적 도시를 건설한다.

《진실 *La Vérité*》은 드레퓌스 사건의 각본을 다시 취한다. 진실
이라는 자연주의의 중요어는 교육을 통해 인종차별주의와 편견들
과 싸우고자 하는 졸라의 교육학적이고 인간애적인 이상을 담고
있다.

《정의 *La Justice*》는 1902년 9월 29일 불의의 가스중독으로 인
한 졸라의 사망으로, 미완성으로 남는다.

IV
자연주의의 계승자들

1. 메당 그룹의 젊은 작가들

졸라에게 있어서 자연주의는 미학적 창안인 동시에 일종의 전투였다. 그는 시대와 일치하는 새로운 예술을 창조하는 것이 필요하다고 생각하고 있었다. 제도적인 관점에서 볼 때 졸라는 프랑스 문학사에서 아주 독특한 위치를 점하고 있다. 그는 정복을 위해 전투를 벌이는 것처럼 아주 소란스런 광고 효과를 활용한다. 《내가 증오하는 것들》에서는 격정의 시대에 새로운 싸움꾼들은 가장 강한 내일의 군주가 되려는 희망을 갖고 있다고 씌어 있다. 강력한 군주에게는 지원부대가 필요하다. 당연히 졸라도 《목로주점》이 성공하면서 자신의 군대를 형성하게 된다. 폴 알렉시스 · 플로베르가 소개한 모파상 · 졸라의 《파리의 복부》 찬미자이며 졸라의 변치 않는 추종자 앙리 세아르, 그가 데리고 온 조리스-칼 위스망스, 그리고 레옹 에니크 등이 그 부대를 형성한다. 이 젊은 작가들은 《목로주점》이 출간된 당시 기사나 모임으로 졸라를 지지한다. 1877년 이들은 공쿠르 형제 · 졸라 · 플로베르를 함께 모이게 하면서 관심을 끈다. 졸라는 이들과 같이 이들의 최초의 문학 작품들을 연구하고 도움을 준다. 그러나 이 젊은이들은 더 많은 소란을 원하고 있었다. 이들은 졸라의 집이 있는 메당에서 정기적인 모임을 갖고 그와 함께 1870년의 패전을 다룬《희극적 침공 *L'Invasion comique*》이란 제목의 단편집을 내기로 한다. 이 책은 서문에서부터 격렬하고 아주 선동적인 어투로 당시 비평계를 공격한다. 이들은 이 책이 출간되면서 일어날 소란을 계산하고 있었다고 할 수 있다. 졸라의 단편《풍차의 공격 *L'Attaque du moulin*》만 제외하고 모파상의《비곗덩어리》, 세아르의《피 흘리는 여자 *La Saignée*》, 레옹 에니크의《그랑 세트 사건 *L'Affaire du Grand 7*》은 성적 또는 생리학적 문제를 다루며, 위스망스의《배낭》은 한 불쌍한 병사의 창자의 고통을 다룬다.

우선 졸라라는 이름은 이들 작가들의 출발에 필요한 도전적 깃발이었다. 사실주의자와 자연주의자라고 자칭하는 이들이 고의적으로 스캔들을 일으키고자 한 것은 이들 이전의 쿠르베 · 플로베르 · 보들레르 등이 자신의 길을 가다 보니 생긴 스캔들하고는 분명히 달라 보인다. 스캔들은 이들 작품의 결과라기보다 이들의 작품이 사실주의-자연주의파임을 보증해 주고 증명해 주는 역할이었다. 이들은 관념들 또는 기존의 가치들을 뒤집고 풍자하기 위해 일부러 저속성 또는 무의미에 관심을 가지며 원인과 결과의 왜곡된 관계들을 보여 준다. 졸라의 방식도 여기서 크게 벗어나지 않지만 메당파의 젊은 작가들에게서는 더욱더 조롱이 난무하며 포르노와 분뇨담이 자리잡고 있다. 이들 모두 플로베르적인 영감을 보여 주며 무의 미학(esthétique de la platitude)과 무관하지 않음을 알 수 있다.

이들 자연주의자들은 현실과의 관계뿐만 아니라 전통과의 관계에 의해서도 정의된다. 자연주의자들은 대체로 **패러디파**라고 할 수 있다. 즉 이들은 자신들을 보장해 주거나 본보기가 되는 스승들의 주위에 모여 있는 추종자들로 정의될 수 있다. 자연주의자들의 가장 큰 특징 그리고 이들의 현대성은 역설적으로 무엇보다도 이들이 애독자라는 사실이다. 모두 스승들의 대작들을 흠모하며 때때로 모방하거나 다시 쓴다. 단편은 그들 모두 선호하는 장르이며, 쓰기와 읽기의 합류점에 서 있는 좀처럼 끝나지 않는 실험실이 된다. 이들 모두 《부바르와 페퀴셰》가 나타난 바로 그 시기에 사무실에서 복사에 열중하는 이들이며 수많은 복사를 위해 졸라에 의해 채용된, 그리고 끝으로 신문들에 의해 채용되어 정기적으로 자신들의 복사물을 제출하는 이들이라고 할 수 있다. 메당파들은 보편적 미라는 이상을 거부하면서 존재의 일상적이고 평범한 면을 다룬 괜찮은 작품을 쓰고자 하고 완성까지도 바라지 않으며, 어떤 점에서는 재생의 시대로 들어선 자신들의 시대를 대변하는 이들이라고 정의될 수 있다. 앙리 세아르는 문학을 완성된 작품보다 끝없는 작업으로 제시했다. 이들이 주로 다루는 주제인 존재의 무미함은 현실 재현의 계기 이전에 이들의 이런 부차적 상황을 의미하기도 한다.

1) 《보바리 부인》의 패러디

플로베르와 졸라의 애독자인 메당파 작가들에게 《보바리 부인》을 패러디하는 작업은 피할 수 없는 것이었다. 세아르는 《어느 멋진 날》에서 플로베르의 중요 소재들을 다시 취하며 무에 관한 작품을 발전시킨다. 같은 시기에 모파상은 《여자의 일생》, 에니크는 《에베르 씨 사건》, 알렉시스는 《모리오 부인》, 위스망스는 《결혼생활》을 선보이며 이들 모두 플로베르에게서 영향받았음을 고백하고 있다.

소설이란 안팎의 대립을 토대로 짜여지고 해체되는 플롯을 형성하면서 내적 공간과 사회적 공간을 분명히 구분하는 데 반해 《보바리 부인》은 이런 구분을 무화시키고자 한다. 《보바리 부인》이 반복의 문체에 기초를 두는 플롯이라면, 메당파의 간통 소설은 좀더 이런 탈구분의 원칙과 원인과 결과의 뒤틀기를 밀고 나간다. 이들은 고의적으로 간통을 반-주제로서, 재앙의 표현으로서 취급한다. 당연히 이들의 소설은 이야기를 극한으로 이끌고 가면서 이야기하기보다 이야기의 갑작스런 출현만을 이야기하게 된다.

이상주의적 문학 또는 더 일반적으로 말해 낭만주의적 소설을 비난하고, 플로베르에게 경의를 표하려는 듯, 간통한 여인은 소설적인 것에 의해 희생된 제물로 정의되며, 텍스트는 비소설적인 것으로 제시된다. 소설의 모든 전통적인 모티프는 정도를 벗어나게 되고, 이들의 소설들은 소설적인 것과는 완전히 먼 장르가 된다. 예를 들어 아내에게 있어서 남편들은 어떤 장애도 되지 않고 오히려 어리석게 간통을 부추기는 쪽이다. 남편과 정부들은 어떤 경쟁 관계도 없다. 게다가 여성과 정부들과의 관계도 실망스럽게 그려진다. 이들의 불륜 관계마저 무미건조한 결혼의 반복일 뿐이다. 간통은 결코 사회적 질서를 깨지 못할 뿐더러 어떤 내면성의 공간도 만들어 내지 못한다. 그것은 어떤 사건도 되지 못하며 오히려 아무것도 일어나지 않은 것과 같다.

세아르와 위스망스는 서로 주고받은 편지들에서, 부드럽거나 배타적이지 않은 자연주의(알퐁스 도데의 작품을 가리킨다)에 비해 자신들의 자연주의는 신랄하다고 자평한다. 현실을 표현하더라도 가장 무미하고 가장 일상적인 현실을 가장 주변부적인 주제만큼이나 가장 하찮은 주제를 최대한으로 적확하게 표현하는 도치된 자연주의의 모습이었다. 그러나 이런 식의 철저한 모방의 시도는 현실이라고 부를 수 있는 것에 대해, 그리고 재현의 가능성에 대해서도 질문을 던지게 한다. 이 질문은 바로 텍스트 자체에 의해 대답되어지나 그 대답은 결코 긍정적이지 않다.

2) 무의 미학에서 환상적 차원으로

졸라의 자연주의 후계자들은 외과의의 관점으로 육체를 가장 선호하는 대상으로 삼는다. 다양한 내장의 병·무절제·자궁염·촌충 등을 다루는 이들 텍스트들은 도발적 가치를 지니지만 역설적으로 플로베르의 무의 미학의 관점과 같은 선상에 있다고 할 수 있다. 물론 《보바리 부인》과는 커다란 차이가 있으며, 플로베르 역시 《목로주점》을 비평할 때처럼 저속성, 고상한 척하는 하수구 취향이라고 했을 것이 분명하다. 물론 이런 것들은 매너리즘이라고 할 수 있다. 그러나 더욱 정확하게 사용되는 말이 주제를 희석시키거나 대체하면서 놀랄 만한 자율성을 가지게 된다. 너무나 구체적으로 자세하게 묘사된 대상은 오히려 대상을 해체하고 무화시키는 효과를 보여 준다. 일상 생활에 거의 쓰이지 않는 전문 용어와 넘쳐 흐르는 은유로 문장이 와해된다. 자연주의의 또 다른 면을 개척한 셈이다. 그렇지만 사소한 주제의 선택만으로 이런 무의 미학이 이루어지는 것은 아니다. 표층의 정확한 관찰을 추구할수록 자연주의자들은 거기에 비이성적인 것이 자리잡고 있음도 보게 된다. 자연주의자들이 택한 병들은 감기조차도 신경과 관련되며 환각증세로 이어진다. 이들의 신경증 연구는 현실과 비현실을 불안하게 공존시킨다. 재현을 목적으로 하는 서체는 환각적인 분위기로 흔들리고 동요된다. 보들레르의 〈짐승의 썩은 사체 La Charogne〉 이후 해체의 매력이 계승된 듯하다. 부패는 이미 《테레즈 라캥》《나나》에서부터 자연주의가 선호하는 주제이다. 신경증 · 부패, 둘 다 변질을 의미한다. 신경증이 시작되면서 존재는 내적인 힘에 의해 사로잡히며 자신에게도 낯선 존재가 된다. 존재는 자신의 자주성을 잃어가고 가장 원시적인 물질성으로 드러나며 기화되고 해체된다. 여기서는 항상 정체성의 원칙이 거의 적용될 수 없는 취약지구가 드러난다. 그러므로 초현실주의자들의 현실처럼 이성과 비이성이 모순적으로 합성된 것으로 나타난다. 당연히 자연주의의 마지막 대상은 나와 타자의 인접 관계로 야기된 제삼자(무의식이라고 하는)의 끊임없는 침투라는 국면으로 나아간다. 이 환상적 차원은 졸라의 유전 체계의 연장선상에 있다고 할 수 있으며, 《테레즈 라캥》《마들렌 페라》, 나아가서는 모파상의 《오를라》는 모두 이런 환상의 원칙하에 있다.

3) 작가들

(1) 기 드 모파상(1850–1893)

모파상 자신은 자연주의도 낭만주의도 더 이상 믿지 않는다고, 이 둘 다 자신에게는 아무런 의미도 없다고 했지만 그럼에도 그는 자연주의자이다. 노르망디에서 어린 시절을 보낸 모파상은 이곳에 대한 향수를 평생 간직하는데, 그의 물과 대지의 시학은 여기에서 영감을 받은 것이었다. 어머니의 친구인 플로베르는 그의 정신적이며 상징적인 아버지이다. 10년 동안 이 크루아세의 은둔자는 그에게 보는 법과 본 것을 되돌리는 법을 가르쳤다. 이 엄격한 선생의 감독 아래에서 그는 문장을 다듬고 대화 · 묘사 · 이야기 간의 미묘한 화학작용을 일으키는 방법들을 배운다. 플로베르를 통해 졸라의 그룹에 가담한 그는 자신의 이름을 알리기 위해 졸라를 이용한 측면도 있으며, 자신을 자연주의자라고 선언한 적도 없었고 졸라의 글쓰기 방식에 대해서도 부정적이었다. 사실 모파상은 플로베르 외에 발자크에게서도 큰 영향을 받는데, 19세기 소설의 이 위대한 두 스승에 대한 존경 덕분에 자연주의의 이론과는 어느 정도 거리를 둘 수 있었고 그만의 미학을 이루어 내게 된다. 그런 점에서 그는 자연주의의 또 다른 가능성을 반대쪽에서 열어 젖힌 작가가 될 수 있었다.

모파상의 풍부한 상상력이 유감없이 발휘된《비곗덩어리》(1880)는 사회의 위선에 대한 신랄한 야유를 드러낸다. 프러시아군들이 온통 점령해 있는 루앙에서 아브르로 가는 합승마차는 모든 계층들을 다 모아 놓은 이질적인 닫힌 공간이다. 종교와 원칙과 더불어 권위와 성실을 표명하는 부유층, 그리고 이들에게 두려움을 주는 공화파 사람, 행실이 수상해 보이는 여인이 승객들이다. 자연주의적 실험실인 이 합승마차는 잘 치장된 외양 아래 숨은 진실을 파헤친다. 배고픔이라는 실험 아래에 놓여진 귀족 · 중산층 · 정숙한 여인네들 · 수녀들은 불-드-쉬프를 모른 척하나 그녀가 가져온 음식물은 받아들인다. 그리고 한 프러시아 장교가 이들을 통과키는 조건으로 그녀와의 동침을 요구할 때 각자는 자신의 이해 관계 때문에 자신들의 원칙들은 한순간 묻어 버리고 애국적인 저항을 하고 있는 젊은 여인을 설득하려 애쓴다. 합승마차가 다시 떠나게 되자 사회의 빛나는 외양은 잠시 동안 흠이 나기는 했지만 다시 제자리를 찾고 그 젊은 여성은 다시 경멸적 시선의 대상이 된다.

불–드–쉬프는 울음을 삼키며 공화파 사람은 라 마르세예즈를 부른다.

《비곗덩어리》의 성공 후 모파상은 단편집 《텔리에의 집 *La Maison Tellier*》을 통해 자신의 재능과 대담함을 증명하고자 한다. 매춘·사생아·동성애와 같은 주제들로 곧 이 책은 스캔들을 유발했지만 플롯을 해체하는 특이한 방식, 모든 것의 무의미함을 입증하는 점에서도 문제가 되었다. 이야기의 구조들은 소설 장르를 실험하는 것처럼 다양하다. 모파상은 다양한 글쓰기 방식들과 비주류 장르들을 실험한다. 특히 그의 단편들은 소설적인 것이 끝났음을 선언한다. 《텔리에의 집》은 모파상이 앞으로 쓰게 될 작품의 성향들, 초조함, 공포스러운 사자의 회귀, 광기의 위협을 보여 준다. 이 단편들은 반복과 도치, 의미의 분산을 토대로 하는 구조에서 해체의 힘을 보여 준다. 그의 세계는 의미의 상쇄를 통한 무차별화, 반복의 세계로 초월이 붕괴된 것이 특징이다. 어떤 일도 일어나지 않는다. 어떤 사건이 일어날 가능성이 전혀 없다는 것이 작품의 원칙이 되며 가장 많이 쓰이는 주제가 된다. 모파상은 사랑·가족·사회의 의미를 해체하고자 하며 주로 이런 시도는 친자 관계와 재생의 주제로 보통 나타난다. 《여자의 일생》이나 《벨 아미》는 플로베르의 무미건조함의 미학을 본받아 우리의 진짜 삶이 그렇듯이, 삶에 대해 어떤 결론을 내리는 법 없이 삶이란 생각하듯이 그렇게 좋지도 나쁘지도 않다는 식으로 끝난다. 그에 따르면 현대적 작품이란 결론을 내리지 않는 것이며 작품의 엄밀하고 감지되지 않는 구성으로 현실을 보여 줄 수 있어야 한다. 그가 플로베르의 교훈(결론짓지 말 것과 감지되지 않도록 진행할 것)을 취했다는 것을 알 수 있다. 이런 모파상의 '유보된' 단편 기법은 소설의 개념을 확장시키는 데 기여한다. 사실 재현파 소설이 어떤 세계관의 전달이라는 목적하에서 하나의 고정점을 향해 나아가는 편이라면 모파상의 관점은 해체를 통한 의미의 붕괴를 상징한다.

1883년 《보바리 부인》의 영향을 받은 첫번째 소설로, 남편, 가장 친한 친구, 자식에게 배반당하고 버림받은 채 매일 환멸을 느끼며 사는 젊은 여인의 일생을 그린 《여자의 일생》, 1880년대의 정치 협잡, 증권계의 모리배들, 이들의 공범인 기자들을 통해 1880년대의 풍속도를 그린 《벨 아미》(1885), 온천 개발을 둘러싼 이야기로 돈이 왕이 되는 전환기의 시대를 파헤친 《몽 트리올 *Mont-Oriol*》(1887)은 진보의 환상을 깨는 자연주의 계보를 잇고 있다. 그러나 그 자신도 인격 분열을 겪고 있었던 모파상에게는 점점 더 분신이라는 환상이 나타나기 시작하며 《오를라》와 같은 환상적 콩트들이 탄생한다. 1892년 자살 시도가 실패한 후 두 편의 미완작을 남긴 채 1893년 정신병원에서 죽는다. 그 제목들은 '낯선 영혼'과 '삼종기도 종소리'이다.

《오를라》처럼 종종 이상한 광기에 대한 표현을 볼 수 있는 모파상의 환상적인 텍스트는 사실재현파와 대립하는 것 같으나 실상은 미메시스에 대한 문제 제기로 볼 수 있다. 《오를라》에 대해 간단히 살펴보아도 이런 논리를 이해할 수 있을 것이다. 1인칭 이야기인 이 소설은 서류 참조라는 인상을 주기보다는 서류 자체로 여기게 만든다. 그런데 여기서 채택된 관점은 광인의 관점이고 텍스트는 결국 극단적인 불연속성을 보여 준다. 《오를라》는 두 개의 이야기로 구성된다. 한 이야기에서 다른 이야기로 감은 자연주의가 어떻게 방향을 바꾸는지를 이해하게 한다. 첫번째 《오를라》는 액자 구조를 가진 이야기로 의사가 자신의 환자를 의사협회에 소개하는 방식에서 그 다음은 환자 자신의 이야기가 이어진다. 의사는 아무것도 모른다고 결론짓는다. 너무나 환상적인 이야기인지라 의

사는 자신의 환자가 광인인지 아니면 세상의 종말을 고하는 예언자인지 확신할 수 없는 의심 속으로 숨을 뿐이다. 두번째 이야기에서는 의사의 소개와 같은 액자 구조의 이야기 틀은 사라지고 임상적 관점을 제공하는 의학적 이야기가 끼어드는 일은 전혀 없다. 독자는《오를라》가 어떤 다른 것도 이를 견제하지 못하는 이상 그 자체로 존재한다는 관점에 절대로 따라야 한다. 한편 이야기는 일기 형식으로 구상되어 있고 간간이 따옴표·단절·침묵이 인물의 고통을 느낄 수 있게 한다. 그런데 이런 인쇄상의 단순한 부호들은 텍스트 안에 환상적인 것을 위한 공간이 되고 있다.

　화자는 어떤 사건으로 자신의 주변과 자신과의 관계에 갑자기 어떤 불협화음이 돌출했음을 이야기한다. 이 이야기는 자연주의적인 엄격함을 갖고 개인을 변형시키는 환경의 힘을 탐구한다. 화자는 자신을 파괴하는 악을 이해하고자 한다. 자신이 광인인지 또는 영매인지를 알고자 하는 일련의 실험들을 행한다. 그 질문은 단순하지 않다. 화자가 광인이라면 텍스트는 1인칭의 사례 연구가 된다. 화자가 영매라면 텍스트는 미지의 것이라는 신비한 영역을 탐구하게 된다. 이런 질문에 대한 해답이 제시되지 않았고 단지 제삼자의 출현만을 이야기한 것이기 때문에 텍스트는 환상적인 것으로 나타난다. 여기서 환상적인 것은 물론 실증주의에서 출발한 것이다. 자연적 사실들 중에서 설명할 수 없는 어떤 것, 거의 설명이 불가능한 어떤 것들을 환상적인 것을 통해 건드리는 독특한 방식이다.《오를라》의 텍스트가 던지는 질문은 동일성과 이의 변질들에 관한 것으로 자연주의가 제시한 중요한 질문이기도 하다. 화자가 실험한 물병·장미나무·거울의 실험들은 분신의 이미지를 통해 대상과 관련된 기호와의 불일치라는 생각을 불러일으킨다. 그것은 곧 사물을 기호로 대체하고, 세상을 지우며 추상적인 현존과 같은 글쓰기 작업과 연결된다. 역설적인 미메시스인《오를라》는 자연주의적 문제 제기에서 나온 것이며, 《오를라》는 이 문제 제기들을 극한까지 밀고 간다고 할 수 있다.

(2) 조리스 위스망스(1848-1907)

졸라 휘하에 모인 젊은 작가들이 내세우는 원칙들은 상상력보다 과학을 숭배하고 심리학대신 생리학을 선택하며 줄거리의 교묘한 배열을 중시하는 것이었다. 보들레르와 몽환적인 산문시를 쓴 낭만주의 시인 알로이지우스 베르트랑의 영향을 받은 위스망스는 공쿠르 형제의 예술적 문체를 신봉하면서도 졸라를 자신의 스승으로 인정한다. 그럼에도 역설적으로 자연주의의 한계와 위기는 바로 위스망스를 통해서 문제시된다.

1880년《메당의 저녁》에 실린《배낭》(1880)을 통해 자연주의와 인간기록학파임을 공고히 하지만, 그럼에도 위스망스는 내면적 풍경의 묘사를 중요하게 여기는 작가라고 할 수 있다. 졸라가 생활전선에 뛰어든 나이에, 위스망스는 안락한 생활을 누린 편이라서 단조로움과 권태에 대한 극단적인 감정이 자라난 것으로 보여진다. 그는 졸라와는 달리 노동 환경의 집단적 드라마보다 세속적인 삶의 하찮은 일들에 더 몰두한다. 쇼펜하우어의 페시미즘에 영향받은 그는 개인적 존재의 모든 하찮음에 환멸의 시선을 던진다. 1881년의《결혼 생활 *En Menage*》에서 결혼은 마르트의 매춘만큼이나 천박하고 실망스럽다. 《배낭》처럼 육체의 비참을 탐구한《물결따라 *À vau-l'eau*》(1881)에서 고통과 권태로 참을 수 없는 독신 생활이 그려진다. 이 이야기는 위스망스의 전형인 회사원 폴랑탱이 형편없는 일상의 음식에 지쳐 오로지 자신의 입맛을 만족시켜 줄 음식을 찾아 열에 들뜬 듯 여기저기를 헤매는 짧은 여정을 그리고 있다. 그는 권태에 찌들고 다른 곳을 꿈꾸는 인물로 상식을 철저하게 도치시키는 데서 즐거움을 찾고자 하나 곧 포기한다. 가장 형편 없는 요리를 마치 자신의 접시를 통해 세상의 추함과 난공불락의 저항을 확인하려는 듯 맛있게 먹는 플랑탱을 통해, 위스망스는 탐구 소설의 구조를 거꾸로 패러디한 것이라 볼 수 있다.

이런 주제의 선택은 그 시대인들의 공통된 감정과 관련되어 있다. 이때는 이미 모든 소설의 소재는 다 시도되었고 작가의 선택의 폭은 한정되어 있었다. 진지하고자 하는 문학에서 위·창자·방광을 다루는 것은 상상력의 부족 때문이 아니다. 이것은 무엇보다 일종의 거부라는 특성을 보여 준다. 그런 주제는 주인공의 시대가 끝났음을 의미하며 플로베르를 읽은 이라면 곧장 나올 수 있는 무에 관한 작품을 쓰는 것을 말한다. 취향에 대한 혐오는 진지한 이들의 합의를 거부하고, 일종의 거꾸로 된 매너리즘을 발전시킨 것으로 공쿠르 형제의 멋부리기를 연상시킨다.

1884년 《거꾸로》는 자연주의식 소설에 종말을 고하고 퇴폐의 미학으로 들어서는 작품이다. 《물결따라》에서 플로베르식의 무를 다루면서 허구를 해체하고자 한 의도는 철저히 시도되었으나 그럼에도 위스망스는 자신이 다람쥐 쳇바퀴같이 자연주의적 소설의 범주에 갇혀 있다는 느낌을 가지고 있었다. 자연주의에서 퇴폐로 가는 과정에서 위스망스의 작품은 자연주의자들 작품들 중 가장 신랄한 쪽에 속한다. 《거꾸로》에서 무미함의 미학에 반기를 들고 자연주의와의 결별을 선언한 후부터 그는 더욱 예외적인 존재들에 몰두한다. 이런 점에서 《거꾸로》는 퇴폐파와 상징주의자들의 지침서라는 묘한 위치에 서게 된다. 이 책은 자연주의 이후의 미학들이 분명히 자연주의에게서 영향받았음을 증명해 주고 있다.

《거꾸로》는 마지막 종족의 인물에게서 퇴화와 신경증이 진행되고 있는 징후를 관찰하는 전문적 저술과 유사하며, 일종의 조롱에 가까운 연구이다. 세기말의 미학자이며, 귀스타브 모로 · 오딜롱 르동 · 말라르메에 매혹된 데제셍트라는 인물은 인위성에 대한 취향을 발달시킨다. 그는 자연의 건강한 신선함보다 온실의 자극적인 꽃들을 더 선호한다. 그는 식당의 창문을 커다란 수조로 가리는데 수조의 색깔이 자신의 환상에 따라 바뀌는 것을 즐긴다. 보들레르식의 상응을 체계화하는 그에게서 초현실주의자들의 몽상을 예감할 수 있다. 랭보처럼 모든 감각들의 착란을 유발시키고자 하며 현실에 대한 꿈이 현실을 대체시키기를 바란다. 관리인이라는 진부한 삶에 대한 반발로 위스망스는 이런 환상을 찾는 것일까?

《거꾸로》는 자연주의 체계에서 씌어지지만 결과적으로는 자연주의와 대립한다. 바로 이것이 1903년에 뒤늦게 쓴 서문의 취지이기도 하다. 이 서문에서 위스망스는 자연주의 미학에서 멀어지는 과정을 서술한다: "졸라가 이해할 수 없었던 일이 많이 있었다. 우선 내가 창문을 열고 숨막히는 장소에서 도망치고자 하는 감정, 그다음 편견을 뒤흔들고, 소설의 한계들을 깨트리고 소설 속에 예술 · 과학 · 역사를 들어가게 하며, 한마디로 더 진지한 작업들을 포함할 수 있는 범주말고는 이 형태를 더 이상 사용하지 않고자 하는 마음을 이해하지 못했다. 나는 우리 시대에 열정, 여성을 등장시키지 않고 전통적인 플롯을 제거하는 것, 한 인물만 조명하는 것, 모든 것을 걸고 새로움을 만드는 것이 특히 나를 놀랍게 만드는 것이었다."(토렐-카이유토, 1998:133)

위스망스가 자신의 환경에 숨막혀 하는 데제셍트와 자신을 동일시 한 후, 반자연주의자의 관점에서 공쿠르 형제와 졸라가 발전시켜 온 원칙들을 취한다는 사실이 중요하다. 인물에게 시점을 부여하는 원칙과 분명히 자연주의 기법인 자료 목록의 기법을 급진적으로 발달시키는 소설 자체는 자연주의를 새로운 관점에서 보여 준다. 데제셍트의 현대적 · 세속적 프랑스의 판테온은 정신주의적 자연주의 문학인으로 간주되는, 즉 신비주의적 형태로 재현을 넘어서는 예술가들로 간주된 보들레르 · 플로베르 · 졸라의 연장선상에 있다. 물론 이때 정신주의적 자연주의라는 말은 아직 나타나지는 않았으며, 위스망스의 다음 작품《저승에서》에 와서야 이 개념이 만들어진다.《거꾸로》는 새로운 길을 보여 주는 작품인 셈이다. 사실상《거꾸로》는 자연주의자들을 퇴폐라는 새로운 방향에서 되돌아보게 한다. 이반 질킨이 1884년《젊은 벨기에 *La Jeune Belgique*》에 발표한 이 글에서도 그런 점이 파악된다: "《거꾸로》의 진정한 가치는 문학적이기보다 비평적인 것에 있다. 이 책은 다른 것들을 많이 설명하고 있다. (…) 우물 아래로 떨어지는 횃불처럼 점점 더 증가하고 있는 지성과 감각들의 퇴폐 위에 어두운 빛을 비춘다. (…) 문학계에서 해체는 놀랍고 무서울 정도로, 그리고 비극적일 정도로 발전되었다. 졸라의 자연주의가 문학적 사상이나 감각을 건강하게 할 것이라고 사람들은 믿었지만, 그의 넘쳐흐르는 풍요로움은 지나치게 건강한 혈기였을 뿐이었다.《무레 신부의 실수》《쟁탈전》《외젠 루공 각하》를 비롯해 그의 모든 작품들을 자세히 들여다보면 신경증과 열기의 출현을 볼 수 있으며, 방탕 속에서, 나태한 문화의 미친듯한 욕구들로, 너무 늙어 버린 세계의 육체적 · 정신적 부패로 죽어가는 한 종족의 치유될 수 없는 약화를 다시 볼 수 있다. 그것은 에드거 포에서 셀린에 이르기까지, 보들레르에서 스윈번에 이르기까지, 바르뷔스에서 공쿠르 형제와 졸라에 이르기까지, 유익하나 기름진 음식에 질려 버린 우리들의 해체된 조직들에 의해 강력한 맛을 원하게 되는 것은 바로 충혈되거나 빈

혈을 일으키는 병든 문학, 과도한 문학, 괴물 같은 욕망으로 고통스럽게 목말라 하는 문학이다."(*Ibid*, 134)

위스망스의 《저승에서》의 이론은 정신주의적 자연주의(un naturalisme spiritualiste)라고 할 만한 이론이 드러난다. 뒤르탈이란 인물은 자신을 극도의 사실주의자, 극도의 이상주의자로 여기고 있는 그뤼네발트의 그리스도의 묵상 속에서 정신주의적 자연주의를 본다고 생각한다. 육체의 더러움을 선언하고 영혼의 끝없는 슬픔을 승화시켜야 하는 예술 작품에 자신을 바친 그뤼네발트는 이상주의자들 중에서 가장 광기어린 자이다. 위스망스는 소설이 되풀이로 소진되었다며 소설의 종말을 선언한다. 그리고 새로운 글쓰기 기법을 시작하고자 한다. 《거꾸로》에서처럼 비평적 논고, 미학에 대한 성찰, 허구가 교묘히 섞여 있는 《저승에서》에서 그는, 예술의 민주화를 예찬했던 자연주의적 사상과 대항하는 전쟁을 선포한 셈이다. 그는 졸라가 《파리의 복부》에서 죽음을 선언했었던 중세 예술과 정신성을 재건하고자 한다. 생쉴피스 성당의 종을 자신의 소설에서 상징적 중심으로 만들면서 그는 빅토르 위고와 파리의 노트르담의 낭만적 이미지들과 다시 결합된다. 거대한 탑의 중간에 살고 있던 종지기는 새로운 카지모도이며 파리 보도 위의 수많은 군중들이 관심 갖는 물질적 현실과 신의 신비, 초월의 투명한 하늘에 대한 염원이라는 두 절대 사이에서 갈등하는 인간을 상징한다. 위스망스가 원하는 것은 초자연주의이다. 결국 기독교로 귀의한 위스망스는 유물론을 던져 버리고 수도원의 환희와 고독을 택한다. 《출발 *En route*》(1895)·《대성당 *La Cathédrale*》(1898)·《수도자 *L'Oblat*》(1903)가 이 회개한 자연주의자의 마지막 작품들이다.

(3) 앙리 세아르(1851-1924)

의학도이며 졸라의 평생 동지인 앙리 세아르는 《감정 교육》의
애독자이다. 클로드 베르나르에 심취해 있던 그는 베르나르의 《실
험 의학 서설》에서 소설이 이끌어 낼 수 있는 부분을 예감하고 졸
라에게 이 책을 추천한다. 《메당의 저녁》에 실린 그의 《피 흘리는
여자》는 파리 점령시 자신의 정부를 구하기 위해 끔찍한 탈출을
명령하는 한심한 참모장교를 풍자하는 이야기이다. 이런 냉소적인
페시미즘은 다른 소설들에서도 계속된다. 한 여자가 마음에 드는
어떤 남자와 함께 나쁜 일기 때문에 어디에도 갈 수 없어 카페에
서 일요일을 보내는 밋밋한 이야기인 《어느 멋진 날》(1881)은 자
연주의 소설의 가장 탁월한 예를 제시한다. 이 소설은 줄거리 · 사
건 · 극적 구성도 없는 자연주의 소설 원칙을 극단적으로 적용한
작품이다. 또한 단 하루 동안 어떤 사건도 일어나지 않는 이 소설
은 플로베르의 무에 관한 책에 대한 도전이기도 하다. 여주인공은
엠마처럼 자신의 이상을 위해 시도한 것이 아무것도 아니었음을
깨닫고 무미건조함만 한없이 뒤에 남은 삶을 이어간다.

마지막 소설, 《바닷가의 팔려고 내놓은 땅 *Terrains à vendre au
bord de la mer*》(1890)은 세아르가 오랫동안에 걸쳐 정성을 다해
쓴 역작이다. 이 소설의 제목에서부터 새로운 세기로 가는 길목에
서 문학의 빈 자리를 말해 주는 것 같다. 역시 완성된 줄거리도, 극
적 전이도, 두드러진 사건도 없는 밋밋한 이 소설은 자연주의의
뒤늦은 변화와 위스망스 · 모파상의 텍스트처럼 어떤 전이를 잘 보
여 준다. 소설적인 것과는 거리가 먼 이 소설은 트리스탄 신화의
익살스러운 해석이다. 말바르와 이즈의 역할을 노래하고 싶어하

는 성악가 트레니샹 부인은 케레올 성의 폐허라고 믿고 있는 한 조그만 브르타뉴 마을에 살고자 하는 절대적인 열정을 갖고 있다. 그들의 꿈은 일상과 만나면서 끊임없이 깨어진다. 바로 그 점에서 이 이야기는 희극적인 동시에 비장하다. 이들이 그렇게나 목말라 하던 브르타뉴 마을은 세속성 그 자체의 공간으로서, 사실주의적 재현의 대상인 마을 사람들과 휴가 온 사람들이 주인공들의 이상 을 우습고도 하찮은 것으로 만들수록 더욱 사실주의적 재현은 성 공적이 된다. 서서히 주인공들은 자신들의 희망과 상황이 양립불 가능함을 알게 된다.

환멸 혹은 절망의 이 소설이 소설 장르의 토대가 되어 온 신화 《트리스탄과 이졸데》를 차용하는 것은 의미가 있다. 헤겔의 관점 에서 본다면 소설은 시(정서)와 산문(사회적 관계)이 만나는 장르이 다. 법에 저촉되는 사랑의 이야기인 《트리스탄과 이졸데》를 언급 한다는 것은 분명히 소설적이다. 그러나 세아르의 산문은 시를 없 애고 감정은 진부함과 연결된다. 바로 플로베르가 보여 준 것이기 도 하다.

패러디에서 자신 고유의 사실주의를 구축한 이 소설은 허무의 형태를 재현하는 것으로, 바로 소설의 한계를 보여 준다. 꿈이 깨 어지는 것 이외는 아무 일도 일어나지 않는다. 어떤 사건도, 어떤 일치도 생기지 않는다. 인물들이 추구하는 것은 영원히 계속되며 어떤 것도 이들의 방향을 돌리거나 위안할 수 없다. 중심을 벗어 난 이야기의 극한까지 와 있는 이 소설은 한마디로 소설적인 것의 파멸을 선포하는 재앙의 책이다. 그럼에도 세아르의 이 소설은 일 종의 서정주의를 내포한다고 할 수 있다. 세아르는 상징주의자들 이후 완전한 예술 형태를 꿈꾸면서 말바르와 트레니샹 부인의 발 아래서 부서지는 슬픈 파도의 노래와 같은 혼란스런 노래를 들려 준다. 무의 방식을 토대로 진부한 일상성이 전개될 때 역설적으로 서정주의가 나타난다. 그런 점에서 세아르의 진부한 일상성은 연구 대상이나 해석을 필요로 하는 대상으로서보다, 서체와 분리될 수 없는 재료라는 관점에서 인지되어져야 하며, 그렇게 될 때 이 재료 자체는 자신만의 가능성을 펼치게 된다. 이 소설은 산문이라는 도구를 정련시키고 서체와 재료가 한 목소리를 내게 하는 형태적 실험만으로만 남게 된다. 이 외에 그의 소설로는 《포기한 사람들 Les Résignés》(1889)·《낚시 La Pêche》(1890)가 있다.

(4) 알퐁스 도데(1840-1987)

졸라는 도데를 자연주의파에 속한다고 확신한다. 그러나 졸라와 동시대 사람인 도데는 항상 자연주의의 주변부에 머물러 있었다. 중학교 교사 시절의 추억들에 약간 소설적 요소를 가미하여 쓴《꼬마 Petit Chose》(1868), 성공을 거둔《방앗간 소식 Lettres de mon moulin》(1869)·《아를의 여인 L'Arlésienne》(1872), 1870년의 전쟁을 다룬《월요일 이야기 Contes du lundi》(1873)를 쓴 그는 현대 풍속을 다루기 시작한《동생 프로몽과 형 리슬레르 Fromont jeune et Risler aîné》(1874)부터 자연주의자들의 자료 참작의 방법을 택한다. 카바레·소극장·노동자 거주 지역·역과 공장들이 아주 풍부한 시적 감각으로 관찰된다. 환경에 대한 이런 자연주의적 분석을 따르면서 노동자들의 세계를 다룬《자크》(1876)는 창녀와 유랑자들의 세계와 대장장이와 수부들의 세계를 대립시킨다.《르 나바브》(1877)는 제2제정을 부패시키는 부정들을 폭로한다. 지방과 정치를 다룬 소설인《뉘마 루메스탕 Numa Roumestan》(1881)부터 그는 파리의 관습들을 그린다.《전도사 L'Évagéliste》(1883)는 종교적 환

상을, 《사포 *Sapho*》(1884)는 예술가들을, 《불멸 *L'Immortel*》(1888)
은 아카데미학자들을 그려낸다. 플로베르와 공쿠르 형제를 본받아
정확한 관찰 방법에 충실했던 도데이지만 감상주의와 경이로운 이
야기를 완전히 포기하지 않는다. 사실 그는 세심한 자료 조사에 얽
매이지 않았고 관찰의 엄격성도 갖추지 못했다. 그가 다룬 노동자
소설은 감상적 수준에 머무르고 있다. 직접 나서지 않았기 때문에
자연주의에 필요한 냉정함이 결여되어 있다고 졸라는 그를 평가한
다. 독자들의 연민의 정을 불러일으키면서, 감동적이고 감화를 주
는 그의 자연주의는 특히 여성들에게 성공을 거두나 동시대인들의
섬세함과 위대함이 결여되어 있다고 할 수 있다.

(5) 폴 알렉시스(1847–1901)

폴 알렉시스는 보들레르의 미발표작인 양 《악의 꽃》을 모방한
작품으로 문단에 등단한다. 그 다음 작품인 《오래된 상처들 *Les
Vieilles plaies*》(1869) · 《전투 후 *Après la bataille*》(《메당의 저녁》
1880)에는 죽음의 그림자가 어려 있다. 이 《전투 후》에서 한 젊은
사제는 전쟁 와중에 비탄에 빠진 과부와 우연히 만나 죽은 이의
시체를 싣고 가는 마차에서 사랑을 나눈다. 사실 단편은 알렉시스
의 이야기꾼 기질에 잘 맞는 장르였다. 《모리오 부인 *Madame
Meuriot*》(1890)과 같은 소설을 몇 편 쓰기 전 《뤼시 펠르그랭의 종
말 *La Fin de Lucie Pellegrin*》(1880) · 《콜라주 *Le Collage*》(1883)
같은 작품에서 파리인들의 풍습에 대해 냉혹하게 그린다. 그는 자
신의 작품들과 공쿠르 형제의 작품을 무대에 올리기도 한다. 졸라
에 충실한 그는 《발레스 주민의 외침 *Le Cri du Peuple de Vallès*》
(1883–1886)과 《에밀 졸라에 대해, 한 친구의 메모들 *Emile Zola,*

notes d'un ami》(1882)에서 졸라의 생각들을 옹호한다.

(6) 레옹 에니크(1851-1935)

줄거리·사건·극적 구성을 거부하고 무의미한 날들의 자질구레한 기록에 과도하게 매달린 자연주의자들의 원칙이 사람들의 흥미를 끌 수 없다는 것은 당연한 일이며, 이런 결과를 피하기 위해 몇몇 자연주의자들은 끔찍한 장면을 더욱 즐겨 그리는 경향을 보인다. 인물들의 상황을 과장하여 한결 더 어둡게 그림으로써 그들의 작품이 더 두드러진 인상을 갖도록 하는 것이었다.

에니크는 이런 유파 중에서 가장 대담한 작가들에 속한다. 자연주의적 심리학자인 에니크의 처음 작품들은 죽음의 충동을 그려낸다.《그랑 세트 사건》《메당의 저녁》에서 그는 집단이 희생물을 희생시키기까지 조금씩 폭력성으로 전염되어 가는 구조를 분석한다.《헌신적인 여자 *La Dévouée*》(1878)는 개인적 폭력성의 동기들에 전념한다. 미친 학자는 자신의 큰 딸을 죽이고 우연히 그녀의 상속자가 되며, 자신의 풍선 연구에 전념하기 위해 작은 딸에게 그 죄를 뒤집어씌운다는 이야기이다. 환경과 육체의 숙명성을 환기시키는 자연주의는 단편들과《에베르 씨의 사건》(1883)에서 주로 다루어진다. 그렇지만 에니크는 육체의 무게를 버리고 영혼의 연구로 나아간다. 공쿠르 형제에게 헌정한《어떤 성격 *Un caractère*》(1889)은 심리적 관찰력과 예술가다운 문체가 뛰어난 작품인데 그의 글쓰기가 상징주의로 향함을 보여 준다. 그는 이런 이유로 데카당파 작가로 분류되기도 한다.

2. 5인의 성명서 작가들

《대지》가 출간된 1887년에서부터 《루공 마카르》 총서의 마지막 작품인 《파스칼 박사》의 1893년 사이, 자연주의는 어수선하게 종말을 향해 가는 것 같았고 자연주의와 정반대인 상징주의라는 새로운 미학이 나타나고 있었다. 《대지》는 아주 격렬한 반발을 불러일으켰으며 졸라의 행보에 가장 동조하는 예술가들조차 혐오감을 드러냈다. 1887년 8월 18일 감상과 감동을 애호하는 온화한 자연주의를 대표하는 에드몽 공쿠르와 도데를 깊이 흠모하며 새로운 예술을 꿈꾸던 젊은 작가들이 《피가로》지에 〈5인 성명서〉를 공개적으로 발표하면서 《대지》의 작가가 병적으로 외설적인 말을 쓰며, 자연주의 운동에 해를 끼칠 만큼 탈선된 방향으로 나아가고 있다고 비난했다. 이들은 나중에 자신들의 행동을 후회하지만 이런 사태는 자연주의 소설의 위기를 나타내는 신호 중 하나일 뿐이었다.

아나톨 프랑스 역시 《대지》를 방탕의 농경시라고 혹평했으며, 브륀티에르는 가증스러운 랩소디라고 비난하며 자연주의 파산을 선고한다. 1891년 레옹 블루아는 코펜하겐에서 〈자연주의의 장례식 Les Funerailles du naturalisme〉이라고 제목을 단 세미나를 개최하고 쇠퇴해 가는 자연주의의 죽음과 곧 닥쳐올 정신주의의 반항을 찬양했다. 같은 해 쥘 위레는 자연주의의 종말을 확인하려는 의도로, 또 그 뒤를 어떤 흐름이 이어갈지를 알아보기 위해 〈문학적 발전에 관한 앙케트 Enquête sur l'évolution littéraire〉(1891) 조사를 한다. 그는 상징주의와 같은 정신주의의 반향이 그 뒤를 잇게 될 것이라고 추정한다. 모두 졸라를 주축으로 한 자연주의의 위

상이 흔들리고 있음을 이미 보여 주고 있었다. 사실 위스망스의
《거꾸로》가 발표된 때부터 메당 그룹의 미학은 한계에 다다랐다
고 할 수 있었으며, 그의《저승에서》는 미학적 · 정신적 · 윤리적으
로 불충분한 자연주의의 면모들을 공격하고 있었다. 그런데 사실
상 1884년에 시작되었던 정신주의 경향은 바로 자연주의자들에게
서 나왔다고 할 수 있다. 메당파들이 퇴폐의 미학을 따랐다는 분
명한 사실은 상징주의가 자연주의의 반대를 의미하는 것이 아님을
분명히 보여 준다.

1) 본느탱(1858-1899)

졸라를 비평하는 젊은 자연주의 작가들의 〈5인 성명서〉에서 본
느탱이 주도자였다는 것은 이해되지 않는 일이었다.《샤를롯은 즐
거워》(1883)는 자연주의를 풍자로까지 밀고 간 작품이다. 본느탱
은 생리적 · 사회적인 현실의 음울한 면들을 즐겨 그리는 병적인
면을 가지고 있다. 불어난 하수구에 휩쓸려 죽은 뒤클로의 시체는
쥐들에게 파먹히고 그의 부인은 그 소식을 전하러 온 남자와 자신
의 욕망을 충족시킬 일만 생각한다. 이런 천박한 짓거리를 목격하
는 어린 샤를롯은 고독을 즐기고 이 고독으로 말미암아 성적인 긴
수난 끝에 죽어간다. 그는 소년을 성추행하는 사제에 희생되고 그
의 정부인 창녀는 그의 만족할 수 없는 성을 만족시키지 못한다.
그녀는 그를 버리고 그는 자살한다. 그의 작품 중에서 진정 자연
주의라고 할 만한 이 소설은 파리 변두리 지역을 훌륭히 묘사하는
데 있다. 모네의 그림 같은 한아름의 깃발들, 부드러운 자홍빛의
하늘을 수놓는 분홍빛 굴뚝들, 반 고흐의 별이 빛나는 밤 같은 묘

사에서 소설은 영상미 가득한 가운데 끝난다. 샤를롯이 운하의 물 속으로 빠져들어가는 동안 달은 하얀 배내옷을 입은 그의 아들과 수문의 끝없는 소용돌이로 밀려가는 새까만 시체를 차례로 밝혀 준다.

2) 조셉 앙리 로니

이것은 성명서에 서명한 보엑스와 조셉 앙리 형제(1856-1940), 세라핀 쥐스탱(1859-1948)이 공동으로 사용한 이름이다. 형 로니 는 초기에는 자연주의 미학의 신봉자로서 《넬 호른》이나 《양면》 같은 작품에서 환경을 묘사하고 현실을 관찰했다. 《흰개미 *Le Termite*》(1890)는 음울하고 맥빠진 간통의 이야기인 동시에 마찬 가지로 음울하고 맥빠진 자연주의적 글쓰기의 현주소를 상징하 며, 그 자신 몸담고 있는 문학계를 조롱한다. 세르베즈라는 인물은 너무 많이 읽었기 때문에 병약해진다. 유전과 환경과 접합된 문학 은 예술가의 신경증을 만들어 낸 것이다. 흰개미는 자연주의 소설 을 쓰도록 인물을 쏠아대고 몰아가는 문학을 의미한다. 자연주의의 모델은 로니의 아주 이전 소설에서부터 많이 등장한다. 자연 상태 의 환상은 인간 야수를 줄기차게 사로잡는데 로니는 바로 다윈의 추종자로서 그런 기원을 가진 인간의 모험들을 그린다. 그러나 기 회가 있을 때는 《마르트 바라캥 *Marthe Baraquin*》(1909)과 《제르미 날》의 광부들이 다시 등장하는 《붉은 파도 *La Vague rouge*》(1910) 같은 사회성 짙은 작품으로 선회하기도 한다. 그의 가장 유명한 《불의 전쟁 *La Guerre du feu*》(1911)은 과학적 가설을 바탕으로 한 소설 속에서 '다른 그 무엇'을 찾고자 한 그의 야심을 보여 준다.

3) 폴 마르그리트(1860-1918)

《모두 넷 *Tous Quatre*》(1885) · 《사후 고백 *La Confession pos-
tume*》(1886)과 같은 자연주의 소설을 쓴 후, 공쿠르 형제와 친숙
한 폴 마르그리트는 《대지》에 반대하는 5인의 성명서에 사인한다.
그럼에도 졸라에 못지않은 날것의 사실주의(réalisme cru)를 그에게
서 발견할 수 있다. 그는 주로 욕망을 찬미한다. 《시험의 날들 *Jours
d'épreuve*》(1889) · 《애인 *Amants*》(1890) · 《비상 *L'Essor*》(1896)은
공쿠르 형제의 예술적 서체에게서 많은 영향을 받은 작품들이다.
그러나 졸라는 언제나 그의 모델이 되며 비록 졸라처럼 구성과 민
중의 삶을 재현하는 데 뛰어나지는 못했을지라도 1870년 전쟁을
총체적으로 훌륭히 그려낸 《한 시대 *Une époque*》(1898-1904)는
자연주의의 역사적 차원과 사회적 차원을 결합한다.

4) 데카브(1861-1949)

위스망스의 친구인 데카브는 5인의 성명서에 참가하기 전에 자
연주의 소설 《엘로이즈 파야두의 수난 *Le Calvaire d'Héloise
Pajadou*》(1882) · 《실패한 노파 *Une vieille rêtée*》(1883) · 《고약한
사람 *La Teigne*》(1886)을 집필한다. 비록 5인의 성명서에 동참했
지만 그의 작품들이 잘 말해 주듯 그는 자연주의의 원칙들에 충실
하게 남는다. 《검의 비참 *Misère du sabre*》(1887)에서 《하사관들
Sous-offs》(1889)에 이르기까지 급격한 변화는 없다. 졸라는 그에
대한 별 원망없이 전시내각이 그를 재판에 회부하자 그를 변호하

기 위해 공쿠르 형제·도데·위스망스와 힘을 모은다. 때때로 셀린을 예고하는 그의 문체(그는 1932년 셀린을 위해 공쿠르 상을 요구한다)는 권위라는 추잡한 독성들이 빠르게 퍼져 가는 세상을, 군국주의자들의 어리석음이 통치하는 세상을 폭로한다.

1887년부터 1914년 사이에 데카브 자신을 포함해서 많은 자연주의 후계자들은 자연주의의 교리들을 극복하는 데 나름대로의 역할을 했다. 이미 그들이 내세우는 이론과 실제 작품 사이에는 서로 일치하지 않는 면이 많았다. 졸라는 현실을 고발하는 조서를 작성하겠노라고 공언했지만 그의 소설들은 굳건한 건축학적 짜임새와 통찰력 있는 비전을 보여 준다. 게다가 《루공 마카르》 총서 이후 초자연적인 것으로 접근한다. 《메당의 저녁》에 참여한 작가들은 심리적 연구, 정신주의적이며 시적이거나 초자연주의적인 자연주의로 나아갔다. 모파상은 풍속 소설에서 심리 소설쪽으로, 위스망스는 《저승에서》에서 정신주의적 자연주의를 내세운다. 로니는 메당파의 미학보다 보다 넓고, 보다 높은 문학, 다른 그 무엇의 필요성을 느끼면서 사회 소설로 전향하기도 하며, 과학적 가설에 바탕을 둔 소설 속에서 또 다른 그 무엇을 찾는 시도를 한다.

3. 자연주의 그 이후

이들 자연주의의 후계자들이 자연주의 미학을 새롭게 확장시키는 것과 더불어 이 시대는 자연주의의 반동 현상으로 이상주의적 소설도 많이 등장한다. 이들 중에는 처음에는 자연주의의 영향을 받으면서 자연주의 소설로 데뷔하지만 곧 상징주의적 · 심리적 소설로 전향하는 이들도 있다. 폴 아당은 사실에서 오는 감동대신 사상에서 오는 감동을 불러일으키고자 한다《군중들의 신비》. 과학과 철학의 결정론이 야기시킨 도덕적 폐해를 고발한 폴 부르제의 《제자 Le Disciple》(1889)가 나온 지 6년 후에 과학주의와 자연주의에 반기를 들고 나선 이 작품은 반동의 기수가 된다. 에두아르 로드도 자연주의 소설로 데뷔하지만 곧 이상주의로 이행하며 1890년 이후에는 철학적 구도보다 심리적 연구에 몰두한다. 러시아 사실주의 작가들처럼 그도 감화력을 지닌 도덕주의에 마음이 끌린다.

피에르 로티 같은 이는 자연주의 작품들에 결핍된 꿈과 정서의 몫을 담당한다. 쥘 르나르는 자연주의 미학에 충실하게 어떤 계층의 환경을 소개하는 소설로 시작하지만 나중에는 진실을 표현하기 위해 상투적인 형식들을 거부하며 일체의 극적인 꾸밈을 피하고자 노력한다. 《홍당무 Poil de carotte》(1894) · 《박물지 Histoires naturelles》(1894)에서는 자연주의의 퇴조와 맞물려 새로운 미학의 길로 접어든다. 이 미학은 현실과 이상, 진지한 것과 아이러니, 실제와 꿈의 혼합으로서 지로두 · 콜레트에 와서 꽃피우게 된다.

자연주의를 공격하는 폴 부르제는 심리적 · 윤리적 연구에 몰두한다. 큰 성공을 거둔 그의 《제자》는 윤리적 문제를 제기하면서 소설 속에 사상을 도입하는 데 많은 공헌을 한다. 그는 현대 심리학의 성과를 깊이 접하고 있었고 자신의 소설들에서 인간 의식의 복잡성을 조명하려고 노력했다. 그러나 그의 지나친 분석은 인물들을 살아 움직이게 하는 데 방해가 되었고, 의식의 양가성을 드러내는 것보다 영혼의 상태를 지나치게 중시했다. 결국 그는 자신도 모르게 이상주의 소설의 전통들을 물려받은 셈이다. 그러나 그의 소설은 풍속 소설에서 분석 소설의 계보로 발전해 나가는 데 일 조한다.

소설의 마지막 유파를 이루는 자연주의의 원칙들을 근본부터 문제삼는다는 것은 결국 소설의 위기로 연결된다. 소설의 장르를 혁신시키고자 하는 새로운 시도들, 새로운 슬로건들이 해마다 많이 나타난다. 1888년 마르셀 프레보는 졸라와 부르제의 심리적 사회적 연구들에다 로마네스크한 소설을 대치시키겠다고 나선다. 그는 미래 소설은 개인과 대중을, 자아와 세계를 동시에 그리고자 노력하게 될 것으로 보며, 이런 소설은 자연주의를 심리주의와 풍속 묘사를 감정분석과 서로 타협시키게 될 것으로 예견한다. 사실 20세기초, 어리석은 묘사나 저속한 교훈으로 전락해 가며 대중의 취향과 타협하는 문학 현상에 항의하는 운동도 태어날 정도로 엄청난 양의 작가들과 소설들이 쏟아지는데 이들은 감정분석과 풍속 연구라는 두 가지 핵심적인 줄기를 갖고 있다고 할 수 있다.

결 론

대중에게 소설의 재미를 알게 해준 자연주의는 역설적으로 해체와 무의 미학으로 나아가면서 소설의 위기를 불러온다. 자연주의 이후 소설들은 나탈리 사로트가 명명한 '의혹의 시대'로 조금씩 들어서게 된다. 세상은 더 이상 있는 그대로 전사될 수 있는 객관적인 세계가 아니다. 이제는 의식을 통해 반영되는 세계가 문제시된다. 사람들은 보는 것을 더 이상 믿지 못하게 된 것이다. 그렇다고 자연주의적 시도가 완전히 무효가 된 것은 아니다. 자연주의적 시도는 앞으로 나타날 소설들에 다양한 파급 효과를 미친다. 우선 발자크의 《인간 희극》과 더불어 졸라의 《루공 마카르》 총서는 소설가들에게 거대한 프레스코의 취향과 인물들 간의 연결로 인한 계속성의 취향을 전해 준다. 마르셀 프루스트를 비롯해 대하소설의 거장들인 로맹 롤랑·로제 마르탱 뒤 가르·쥘 로맹이 그 예를 보여 준다. 특히 각기 다른 소설들을 모아 놓으면 하나의 전체 그림이 되도록 시도한 쥘 로맹의 일체주의의 기법은 졸라의 관점들과 거의 같다. 《고급 주택가 *Les Beaux Quartiers*》와 《공산주의자들 *Les Communistes*》의 아라공의 사회주의적 사실주의에 나타난 집단적 힘들은 졸라가 이미 그 역동성을 밀도 있게 강조하며 보여 준 것들이다. 또한 졸라와 그의 후계자들의 인물들을 집요하게 괴롭히는 죽음의 힘들과 페시미즘은 셀린의 《밤의 끝으로의 여행 *Voyage au bout de la nuit*》이나 사르트르의 《구토 *La Nausée*》에서처럼 사물들에 의해 사로잡히고 먹혀 버린 인물들의 부조리로 나아가게 한다. 또한 소설의 실험실인 자연주의가 중요성을 부여한 시선은 바로 사실을 파악하는 데 있어서 더 멀리 나아가고자하는 새로운 시선과 누보 로망을 준비시킨다. 사람은 세상을 보지만 세상은 그들에게 보여 주지 않는다라고 말하는 로브 그리예는 바로 자연주의의 반대선상에 있다고 할 수 있으며, 자연주의는 이들의 완성을 도운 역-모델로서 또는 돋보이게 하는 역할이었다고할 수 있다. 현실이란 더 이상 작가의 상상력이 통제할 수 없다는 것을 안 환멸의 미학은 자연주의 학파의 새롭게 세상을 인지하려는 시도가 있었기 때문에 가능한 것이다.

　이런 것뿐만 아니라 다음 세대의 소설들이 시간과 공간에 대한 개념과 이들의 능란한 사용에 관심을 가지게 된 것도 자연주의 작가들의 기여가 크다. 축제·잔치·의식을 통해 사회적 삶이 기호화되는 방식·문화·민속 자료를 텍스트에 반영시키는 방식, 시간의 응축·가속·완화로 소설의 리듬을 창조하는 방식, 시간의 개념으로 인물이 만들어지는 방식, 시간이 권력·재력·상품의 범람으로 소외되고 분리되는 방식들은 다음 세대의 소설들에게 많은 모델을 제공한다. 또한 거주의 공간·권태·위반·대립(아래와 위, 여기와 저기)의 공간, 위기가 전개되는 《비곗덩어리》의 좁은 공간 등, 자연주의 소설들이 세상을 인지하는 방식들은 여전히 현대 소설의 글쓰기에 모델이 되고 있으며, 현대 소설들에게 주의 깊게 연구해야 할 대상을 제시하며 풍부한 결실을 예고한다. 이처럼 인간 조건을 분명히 알리기 위해 세상을 진지하고도 열정적으로 탐구하고 재현한 자연주의 작가들은 현실과의 싸움, 모험적인 새로운 시각과 글쓰기 방식을 통해 언어와 예술로의 승화에 대한 열정을 깨닫게 해주고, 나아가 독창적이고 풍부한 미학적 유산을 우리들에게 남겨 준 이들임을 알 수 있다.

참고 문헌

【단행본】

Adam-Maillet, *Maryse Zola et le roman*, Paris: Ellipses, 2000.

Robert Benet, *Le Roman naturaliste*, Paris: Ellipses, 1999.

Jean Borie, *Zola et les mythes ou de la nausée au salut*, Paris: Seuil, 1971.

Patricia Carle, Desgranges Béatrices, *La Fortune des Rougon*, Paris: Nathan, 1995.

Christophe Carlier, *Le Roman naturaliste, Zola, Maupassant*, Paris: Hatier, 1999.

Chantal Bertrand Jennings, *L'Eros et la femme chez Zola*: De la chute au paradis retrouvé, Paris: Klincksieck, 1977.

Henri Mitterand, *Le Naturalisme*, Nathan: Paris, 2000.

—— *Zola et le naturalisme*, Paris: P.U.F., 1986.

Alain Pagès, *Emile Zola, Bilan critique*, Nathan: Paris, 1993.

Roger Ripoll, *Réalité et Mythe chez Zola*, Paris: Librairie Honoré Champion, 1981.

Sylvie Thorel-Cailleteau, *Réalisme et naturalisme*, Paris: Hachette, 1998.

기 라루, 《사실주의 문학의 이해》, 조성애 역, 동문선, 2000.

김붕구 외 공저, 《새로운 프랑스 문학사》, 일조각, 1995.

장 벨맹-노엘, 《문학 텍스트의 정신분석》, 최애영 · 심재중 역, 동문선, 2001.

미셸 레몽, 《프랑스 현대 소설사》, 김화영 역, 열음사, 1991.

G. 랑송, P. 튀프로, 《불문학사 하》, 정기수 역, 을유문화사, 1995.

이환, 《프랑스 문학 사상의 이해》, 민음사, 1988.

에밀 졸라, 《쟁탈전》, 조성애 역, 고려원, 1995.

———《제르미날 2》, 최봉림 역, 평밭, 1989.

【논문】

Baguley, David, ⟨Du Naturlaisme au mythe: l'alchimie du Docteur Pascal⟩, *Cahiers Naturalistes*, n° 48, 1974.

Zola, Emile, Différence entre Balzac et moi, *Les Rougon-Macquart V*, Gallimard: Paris, 1967, pp.1736-1737.

Duchet, Claude, Préface dans *La Curée*, Garnier-Flammarion: Paris, 1970, pp.17-31.

조성애, ⟨에밀 졸라의《쟁탈전》을 중심으로 본 소설론과 소설의 차이⟩, 《불어불문학 연구》 32집, 한국불어불문학회, 1996.

——— ⟨에밀 졸라의《인간 야수》에 나타난 악에 대한 담론⟩, 《불어불문학 연구》 47집, 한국불어불문학회, 2001.

——— ⟨소설, 영화, 이데올로기:《제르미날》을 중심으로⟩, 《불어불문학 연구》 48집, 한국불어불문학회, 2001 .

——— ⟨에밀 졸라의《루공 집안의 운명》: 가족 소설에 내재된 어머니상⟩, 《불어불문학 연구》 50집, 한국불어불문학회, 2002.

• 기 라루, 《사실주의 문학의 이해》, 동문선, 조성애 역, 2000.

사실주의와 자연주의의 글쓰기 특징을 많이 설명한 책이다. 우선 제1장은 사실주의란 무엇인가에 대한 질문에서부터 시작한다. 19세기 사실주의만으로 모든 사실주의를 독점적으로 해석하려는 협의적인 차원을 떠나 아리스토텔레스가 미메시스의 문제를 제기한 고대에서부터, 사실주의를 비난하고 폄하한 초현실주의·누보 로망에 이르기까지 사실성·사실임직함의 개념이 모방에 대한 인간의 보편적 욕망과 관련된다고 밝힌다. 저자에 따르면 모든 문학사란 그 이전의 사실주의에 대항하면서 인간·사회·사물이라는 현실 세계를 더 위대하고 심오한 혁명적 전투적 사실주의라는 이름으로 탐구하는 여정들이다. 그 중에서도 19세기 사실주의 자연주의 운동은 이런 사실주의 여정의 완성편으로 간주된다.

제2장은 19세기 작가들의 사회와 문학의 탐구에 대한 열정을 생생히

전하며 이런 열정들이 인간과 사회에 대한 새로운 감각과 형태, 즉 새로운 장르의 미학과 시학을 창조해 낸 점을 되새기게 한다. 플로베르의 편지의 이 글은 그 시대의 투철한 작가 정신을 보여 준다. "내 개인적으로 언제나 힘을 다해 현실에서 떨어져 나왔으나, 미학적인 차원에서는 오로지 이 경우에만, 오히려 현실을 깊이 있게 살고자 했습니다. 그래서 나는 장렬한 마음가짐으로 사물을 대했으며, 모든 것을 받아들이고, 모든 것을 말하고, 모든 것을 그리면서 세세히 듣고자 한 것입니다."(130쪽) 기존의 사실주의 책들에서 많이 다루어지지 않았던 사실주의의 시학적인 면을 설명한 제3장은 사실주의 작가들의 현실에 대한 새로운 시각과 글쓰기 방식을 통해 이들의 독창적이고도 풍요로운 미학적 유산을 현대 작가들이 계승하고 있음을 보여 준다.

• Pagès, Alain, *Emile Zola, Bilan critique*, Nathan: Paris, 1993.

졸라의 소설 세계를 분석한 모든 방식에 대해 일목요연하게 설명한 책이다. 전기적 비평 · 역사적 비평 · 발생론적 비평 · 사회학적 비평 · 주제 비평 · 심리분석적 비평 · 서사학적 비평 등 다양한 방법으로 접근한 비평가들의 방법과 글을 소개한다. 다른 작가들의 분석에도 지침이 될 수 있는 기본서이다. 아직 번역되어 있지 않은 점이 불편하나 내용이 어렵지 않아 프랑스 문학을 전공한 학생들은 시도해 볼 수 있다고 보여진다. 《목로주점》과 《제르미날》을 예로 들어 현대에 와서 접근된 방법론을 구체적으로 보여 준다. 끝으로 각 방법론에 따른 졸라와 자연주의 분석서들을 소개했다.

• Mitterand, Henri, *Zola et le naturalisme*, Paris: P.U.F., 1986.

졸라의 자연주의를 형태적 차원에서 많이 설명한 책이다. 제4장의 이야기의 효과를 위해 사용된 인물과 행동의 구조들, 제5장의 주제와 이미지와의 관계, 제6장의 신화와 이데올로기, 제7장의 서체편이 잘 되어 있다.

• Thorel-Cailleteau, Sylvie *Réalisme et naturalisme*, Paris: Hachette, 1998.

전체적으로 자연주의의 서체가 형성되고 도달하는 과정을 보여 준다.

위고 · 발자크 · 스탕달 · 공쿠르 형제 · 플로베르의 서체가 자연주의 서체에 미친 영향과 위스망스 · 모파상 · 세아르와 같은 자연주의 계승자들의 글쓰기 방식들에서 어떤 식으로 도달되는지, 즉 이들 자연주의자들이 어떤 점에서 자연주의의 '거꾸로' 인지에 대해 설명되어 있다.

• Mitterand, Henri, *Le Naturalisme*, Nathan: Paris, 2000.

자연주의 서체에 모델을 제공한 작가들, 발자크 · 공쿠르 형제 · 플로베르 · 인상주의 화가들의 방식들이 간단하지만 유익하게 소개되어 있다.

색 인

조성애
연세대학교 불문과 졸업
미국 뉴욕주립대학 불문학 석사
프랑스 파리3대학 불문학 박사
현재 연세대학교 불문과 강사
논문: 〈에밀 졸라〉〈문학과 영화〉〈한국 문화와 프랑스 문화 비교〉 등
저서: 《사회비평과 이데올로기 분석》
역서: 《쟁탈전》《로마에서 중국까지》《프랑스를 아십니까》
《사실주의 문학의 이해》《상투어》《유토피아》

현대신서
160

자연주의 미학과 시학

초판발행 : 2004년 4월 20일

지은이 : 조성애
총편집 : 韓仁淑
펴낸곳 : 東文選
제10-64호, 78. 12. 16 등록
110-300 서울 종로구 관훈동 74
전화 : 737-2795

편집설계 : 李妊炅

ISBN 89-8038-460-2 94800
ISBN 89-8038-050-X(세트/현대신서)

시 학 — 문학 형식 일반론 입문

다비드 퐁텐
이용주 옮김

　이론 교과로서 시학은 모든 예술 사이에, 아름다움에 대한 학문으로 정의된 미학과 다양한 현존 언어들 사이에, 인간 언어에 대한 과학적 연구로 이해되는 언어학의 중간에 위치한다. 시학은 언어로 된 메시지의 미학적 측면, 즉 순간적인 다량의 의사 소통에서 전달된 정보 이후에 바로 사라지지 않고 수신자에게 메시지를 감지하게 만드는 것에 중점을 둔다.

　2천5백 년 전 아리스토텔레스가 기초를 마련한 시학은 현대에 와서 문학의 특성, 즉 '문학성'에 대한 폭넓은 연구로 바뀌었다. 평가하고 해석하는 비평과 달리 시학은 언어 예술, 언어의 내적 규칙, 언어 기법, 언어 형식을 객관적으로 기술하고자 한다. 이 연구서는 먼저 역사적인 흐름에 따라 요약하고, 서술학, 픽션의 세계, 시적 언어, 의미화 과정, 문학 장르의 까다롭고 아주 흥미로운 문제까지 포함한 근대 문학 이론의 다양한 영역을 통해 심오하고 점진적인 과정을 제시한다.

　저자 다비드 퐁텐 교수는 고등사범학교를 졸업하였으며, 철학 교수 자격 소지자이다.

東文選 現代新書 96

근원적 열정

뤼스 이리가라이

박정오 옮김

　뤼스 이리가라이의 《근원적 열정》은 여성이 남성 연인을 향한 열정을 노래하는 독백 형식의 산문시로 이루어져 있다. 이 글에서는 여성이 담화의 주체로 등장하지만, 남성 중심으로 이루어진 현존하는 언어의 상징 체계와 사회 구조 안에서 여성의 열정과 그 표현은 용이하지도 자유로울 수도 없다.

　따라서 이리가라이는 연애 편지 형식을 빌려 와, 그 안에 달콤한 사랑 노래 대신 가부장제 안에서 남녀간의 진정한 결합이 왜 가능할 수 없는지를 역설적으로 보여 주려 애쓴다. 연애 편지 형식의 패러디는 기존의 남녀 관계에 의문을 제기하고 교란시키는 적절한 하나의 전략이 되고 있는 것이다.

　서구의 도덕적 코드가 성경 위에 세워지고, 신학이 확립되면서 여신 숭배와 주술은 주변으로 밀려났다. 이리가라이는 그 뒤 남성신이 홀로 그의 말과 의지대로 우주를 창조하고, 그의 아들에게 자연과 모든 피조물을 통치하게 하는 사고 체계가 형성되면서 여성성은 억압되었다고 지적한다. 또한 그녀는 남성신에서 출발한 부자 관계의 혈통처럼, 신성한 여신에게서 정체성을 발견하고 면면히 이어지는 모녀 관계의 확립이 비로소 동등한 남녀간의 사랑과 결합을 가능케 해준다고 주장한다.

　이리가라이는 정신과 육체의 이분법적인 서구 철학의 분류에서 항상 하위 개념인 몸이나 촉각이 여성적인 것과 연관되어 있다는 점을 인식하고 타자로 밀려난 몸에 일찍부터 주목해 왔다. 따라서 《근원적 열정》은 여성 문화를 확립하는 일환으로 여성의 몸이 부르는 새로운 노래를 찾아나선 여정이자, 여성적 글쓰기의 실천 공간인 것이다.

東文選 現代新書 102

글렌 굴드, 피아노 솔로

미셸 슈나이더

이창실 옮김

캐나다 태생의 전설적인 피아니스트 글렌 굴드에 관한 전기
 정상에 오른 32세 나이에 무대를 완전히 떠났으며, 결혼도 하
지 않고, 50세라는 길지 않은 생을 살았던 천재적인 피아니스트
글렌 굴드에 관한 전기나 책들이 외국에서는 이미 많이 나왔으
나 국내에는 처음으로 번역 소개되었다.

삐걱거리는 의자, 몸을 흔들며 끙끙대는 신음, 흥얼대는 노래,
다양한 음색, 질주하는 템포, 악보를 무시하는 해석, ……독특한
개성으로 많은 음악애호가들의 사랑을 받아 왔던 글렌 굴드의
무대 경력은 불과 9년에 불과했다. 30세가 되면 연주회를 그만
두겠다고 밝힌 바 있었으며, 32세에 이를 실행하였다. 50세에는
녹음을 그만두겠다고 했다가 50세가 되던 다음 다음날 임종했
다. 짧다면 짧고 단순하다면 단순하다고 할 수 있는 이 연주가에
대해 한 편의 전기를 쓰는 일이 결코 쉬운 일이 아니었을 것이
나, 여기서 저자는 통상적인 전기물의 관례를 깨뜨린 채 인물의
내면으로 곧장 빠져 들어감으로써 보다 강렬한 진실을 열어 보
이는, 예기치 못한 방법으로 그의 삶과 예술 세계를 조명하고 있
다. 그리하여 그동안 그의 음악을 들어 오던 독자들로 하여금 평
소에 생각했던 점들이 너무도 또렷한 언어들로 구현되고 있다는
느낌을 떨쳐 버릴 수 없도록 해주고 있다. 굴드의 연주에 대한
날카로운 분석은 물론 그런 연주와 밀접하게 얽혀 있는 한 삶에
대한 저자의 이해와 긴 명상에 동참하는 기쁨을 누리게 해준다.

東文選 文藝新書 137

구조주의의 역사(전4권)

프랑수아 도스

김웅권 · 이봉지 外 옮김

 80년대 중반 이래 포스트모더니즘의 유행이 불어닥치면서 한국의 지성계는 포스트모더니즘의 이론적 기반을 제공한 포스트 구조주의라는 용어를 '후기 구조주의'와 '탈구조주의'의 둘로 번역해 왔다. 전자는 구조주의와의 연속성을 강조한 것이고, 후자는 그것과의 단절을 강조한 것이다. 그런데 파리 10대학 교수인 저자는 《구조주의의 역사》라는 1천여 쪽에 이르는 저작을 통하여 구조주의의 제1세대라고 할 수 있는 레비 스트로스 · 로만 야콥슨 · 롤랑 바르트 · 그레마스 · 자크 라캉 등과, 제2세대라 할 수 있는 루이 알튀세 · 미셸 푸코 · 자크 데리다 등의 작업이 결코 단절된 것이 아니며, 유기적인 연관을 맺고 있다는 것을 밝힘으로써 이에 대한 하나의 해답을 제시하고 있다.

 그는 지난 반세기 동안 프랑스 지성계를 지배하였던 구조주의의 운명, 즉 기원에서 쇠퇴에 이르는 과정에 대한 전체적인 조망을 통해 우리가 흔히 구조주의와 후기 구조주의라고 구분하여 부르는 이 두 사조가 모두 인간 및 사회 · 정치 · 문학, 그리고 역사에 관한 고전적인 개념의 근저를 천착하여 우리로 하여금 그것들의 정당성을 의문시하게 만드는 탈신비화의 과정에 참여하였다는 것을 밝혔으며, 이런 공통점들에 의거하여 이들 두 사조를 하나의 동일한 사조로 파악하였다.

 또한 도스 교수는 민족학 · 인류학 · 사회학 · 정치학 · 역사학 · 기호학, 그리고 철학과 문학에 이르기까지 프랑스에서 흔히 인간과학이라 부르는 학문의 모든 분야에 걸쳐 이룩된 구조주의적 연구의 성과를 치우침 없이 균형 있게 다룸으로써 구조주의의 일반적인 구도를 제시한다. 뿐만 아니라 구조주의의 몇몇 기념비적인 저작에 대한 심층적인 분석을 통하여 주체의 개념을 비롯한 몇몇 근대 서양 철학의 기본 개념의 쇠퇴와 그 부활 과정을 보여 줌으로써 옛 개념들이 수정되고 재창조되며, 또한 새호운 개념으로 다시 태어나는 과정을 파노라마처럼 그려낸다.

東文選 文藝新書 153

시적 언어의 혁명

줄리아 크리스테바

김인환 옮김

　미셸 푸코는 《말과 사물》에서 19세기 이후 문학은 언어를 자기 존재 안에서 조명하기 시작하였고, 그런 맥락에서 휠덜린·말라르메·로트레아몽·아르토 등은 시를 자율적 존재로 확립하면서 일종의 '반담론'을 형성하였다고 지적한다. 그러한 작가들의 시적 언어는 통상적인 언어 표상이나 기호화의 기능을 초월하기 때문에 다각적이고 종합적인 연구를 필요로 한다. 본서는 바로 그러한 연구를 구체적으로 보여 주는 시도이다.

　20세기 후반의 인문과학 분야를 대표하는 저작 중의 하나로 꼽히는 《시적 언어의 혁명》은 크게 시적 언어에 대한 일반적인 특징을 종합한 제1부, 말라르메와 로트레아몽의 텍스트를 분석한 제2부, 그리고 그 두 시인의 작품을 국가·사회·가족과의 관계를 토대로 연구한 제3부로 구성된다. 이번에 번역 소개된 부분은 이론적인 연구가 망라된 제1부이다. 제1부 〈이론적 전제〉에서 저자는 형상학·해석학·정신분석학·인류학·언어학·기호학 등 현대의 주요 학문 분야의 성과를 수렴하면서 폭넓은 지식과 통찰력을 바탕으로 시적 언어의 특성을 다각적으로 조명 분석하고 있다.

　크리스테바는 텍스트의 언어를 쌩볼릭과 세미오틱 두 가지 층위로 구분하고, 쌩볼릭은 일상적인 구성 언어로, 세미오틱은 원초적이고 본능적인 언어라고 규정한다. 그리하여 시적 언어로 된 텍스트의 최종적인 의미는 그 두 가지 언어 층위의 상호 작용에 의해서 결정된다고 본다. 그리고 시적 언어는 표면적으로 보기에 사회적 격동과 관계가 별로 없어 보이지만, 실상은 사회와 시대 위에 군림하는 논리와 이데올로기를 파괴하는 힘이 있다는 것을 말라르메와 로트레아몽의 《말도로르의 노래》에 대한 연구를 통하여 증명한다.

東文選 文藝新書 162

글쓰기와 차이

자크 데리다

남수인 옮김

　해체론은 데리다식의 '읽기'와 '글쓰기' 형식이다. 데리다는 '해체들'이라고 복수형으로 쓰기를 더 좋아하면서 해체가 '기획' '방법론' '시스템'으로, 특히 '철학적 체계'로 이해되는 것을 거부한다. 왜 해체인가? 비평의 관념에는 미리 전제되고 설정된 미학적 혹은 문학적 가치 평가에 의거한 비판이라는 부정적인 이미지, 부정성이 필연적으로 내포되어 있는 바, 이러한 부정적인 기반을 넘어서는 讀法을 도입하기 위해서이다. 이 독법, 그것이 해체이다. 해체는 파괴가 아니다. 비하시키고 부정하고 넘어서는 것, '비평의 비평'을 하는 것이 아니다. 해체는 "다른 시발점, 요컨대 판단의 계보·의지·의식 또는 활동, 이원적 구조 등에서 출발하여 다른 가능성을 생각해 보는 것." 사유의 공간에 변형을 줌으로써 긍정이 드러나게 하는 읽기라고 데리다는 설명한다.

　《글쓰기와 차이》는 이러한 해체적 읽기의 전형을 보여 준다. 이 책은 1959-1966년 사이에 다양한 분야, 요컨대 문학 비평·철학·정신분석·인류학·문학을 대상으로 씌어진 에세이들을 수록하고 있다. 이 책은 루세의 구조주의에 대한 '비평'에서 시작하여, 루세가 탁월하지만 전제된 '도식'에 의한 읽기에 의해 자기 모순이 포함될 수밖에 없음을 지적함으로써 자신의 읽기가 체계적 읽기, 전제에 의거한 읽기, 전형(문법)을 찾는 구조주의적 읽기와 다름을 시사한다. 그것은 "텍스트의 표식, 흔적 또는 미결정 특성과, 텍스트의 여백·한계 또는 체제, 그리고 텍스트의 자체 한계선 결정이나 자체 경계선 결정과의 연관에서 텍스트를 텍스트로 읽는" 독법이 될 것이다. 이러한 독법을 통해 후설의 현상학을 바탕으로, 데리다는 어떻게 로고스 중심주의가 텍스트의 방향을 유도하고 결정하고 있는지 보여 주는 한편, 사유의 새로운 지평을 열어 보고자, 중요하지 않은 것으로 간주되어 경시되거나 방치된 문제들을 발견하고 있다.

東文選 文藝新書 193

현대의 신화

롤랑 바르트

이화여대 기호학 연구소 옮김

　이 책에서 바르트가 분석하고자 한 것은, 부르주아사회가 자연스럽게 생각하고 자명한 것으로 생각해 버려서 마치 신화처럼 되어 버린 현상들이다. 그것은 1950년대 중반부터 60년대 초까지 프랑스 사회에서 일어나고 있는 현상이지만, 이미 과거의 것이 되어 버린 것이 아니라 오늘날에도 유효한 것이기 때문에 독자들의 많은 관심을 불러일으키고 있다. 저자가 이책에서 보이고 있는 예리한 관찰과 분석, 그리고 거기에 대한 명석한 해석은 독자에게 감탄과 감동을 체험하게 하고 사물을 보는 새로운 눈을 뜨게 한다. 특히 후기 산업사회에 들어와서 반성 없이 이루어지고 있는 것, 가벼운 재미로만 이루어지면서도 대중을 지배하는 모든 것에 대해서 이 책은, 그것들이 그렇게 자연스런 것이 아니라는 것, 자명한 것이 아니라는 것을 알게 한다. 사회의 모든 현상이 숨은 의미를 감추고 있는 기호들이라고 생각하는 이 책은, 우리가 그 기호들의 의미 현상을 알고 있는 한 그 기호들을 그처럼 편안하게 소비하고 있을 수 없다는 것을 우리에게 알게 한다.

　이 책은 바르트 기호학이 완성되기 전에 씌어진 저작이기 때문에 엄밀한 의미에서 바르트 기호학을 대표하는 것은 아니지만, 그러나 그의 타고난 기호학적 감각과 현란한 문체로 이루어져 있어서 그의 기호학이론에 완전히 부합되고 있을 뿐만 아니라, 그의 텍스트 실천이론에도 상당히 관련되어 있어서 바르트 자신의 대표적 저작이라 할 수 있다.

東文選 文藝新書 239

미학이란 무엇인가

마르크 지므네즈

김웅권 옮김

미학이 다시 한 번 시사성 있는 철학적 주제가 되고 있다. 예술의 선언된 종말과 싸우도록 압박을 받고 있는 우리 시대는 이 학문의 대상이 분명하다고 간주한다. 그런데 미학은 상대적으로 최근에 태어난 것이다. 왜냐하면 예술에 대한 성찰이 합리성의 역사와 나란히 한 역사이기 때문이다. 마르크 지므네즈는 여기서 이 역사의 전개 과정을 재추적하고 있다.

미학이 자율화되고 학문으로서 자격을 획득하는 때는 의미와 진리에의 접근으로서 미의 문제가 초미의 관심사가 되는 계몽주의의 세기이다. 그리하여 다양한 길들이 열린다. 미의 과학은 칸트의 판단력도 아니고, 헤겔이 전통과 근대성 사이에서 상상한 예술철학도 아닌 것이다. 이로부터 20세기에 이루어진 대(大)변화들이 비롯된다. 니체가 시작한 철학의 미학적 전환, 미학의 정치적 전환(특히 루카치 · 하이데거 · 벤야민 · 아도르노), 미학의 문화적 전환(굿맨 · 당토 등)이 그런 변화들이다.

예술이 철학에 여전히 본질적 문제인 상황에서 과거로부터 오늘날까지 미학에 대해 이 저서만큼 정확하고 유용한 파노라마를 제시한 경우는 드물다.

마르크 지므네즈는 파리I대학 교수로서 조형 예술 및 예술학부에서 미학을 강의하고 있다. 박사과정 책임교수이자 미학연구센터 소장이다.

東文選 文藝新書 211

토탈 스크린

장 보드리야르
배영달 옮김

우리 사회의 현상들을 날카로운 혜안으로 분석하는 보드리야르의 《토탈 스크린》은 최근 자신의 고유한 분석 대상이 된 가상(현실)·정보·테크놀러지·텔레비전에서 정치적 문제·폭력·테러리즘·인간 복제에 이르기까지 현대성의 다양한 특성들을 보여 준다. 특히 이 책에서 보드리야르는 오늘날 우리를 매혹하는 형태들인 폭력·테러리즘·정보 바이러스와 관련하여 기호와 이미지의 불가피한 흐름, 과도한 커뮤니케이션, 프로그래밍화된 정보를 분석한다. 왜냐하면 현대의 미디어·커뮤니케이션·정보는 이미지의 독성에 의해 증식되며, 바이러스성의 힘을 지니기 때문이다.

보드리야르는 현대성은 이미지의 독성과 더불어 폭력을 산출해 낸다고 말한다. 이러한 폭력은 정열과 본능에서보다는 스크린에서 생겨난다는 의미에서 가장된 폭력이다. 그리고 그것은 스크린과 미디어 속에 잠재해 있다. 사실 우리는 미디어의 폭력, 가상의 폭력에 저항할 수가 없다. 스크린·미디어·가상(현실)은 폭력의 형태로 도처에서 우리를 위협한다. 그러나 우리는 스크린 속으로, 가상의 이미지 속으로 들어간다. 우리는 기계의 가상 현실에 갇힌 인간이 된다. 이제 우리를 생각하는 것은 가상의 기계이다. 따라서 그는 "정보의 출현과 더불어 역사의 전개가 끝났고, 인공지능의 출현과 동시에 사유가 끝났다"고 말한다. 아마 그의 이러한 사유는 사유의 바른길과 옆길을 통해 새로운 사유의 길을 늘 모색하는 데서 비롯된 것일 터이다. 현대성에 대한 탁월한 통찰력을 보여 주는 보드리야르의 이 책은 우리에게 우리 사회의 현상들을 비판적으로 읽게 해줄 것이다.

東文選 文藝新書 201

기식자

미셸 세르

김웅권 옮김

　초대받은 식도락가로서, 때로는 뛰어난 이야기꾼으로서 주인의 식탁에 앉아
식사를 하는 자가 기식자로 언급된다. 숙주를 뜯어먹고 살고, 그의 현재적 상
태를 변화시키고 그의 생명을 위태롭게 하는 작은 동물 또한 기식자로 언급된
다. 끊임없이 우리의 대화를 중단시키거나 우리의 메시지를 차단하는 소리, 이
것도 언제나 기식자이다. 왜 인간, 동물, 그리고 파동이 동일한 낱말로 명명되
고 있는가?

　이 책은 우선 이러한 질문에 대한 대답으로서 이미지의 책이고 초상들의 갤
러리이다. 새들의 모습 속에, 동물들의 모습 속에, 그리고 우화에 나오는 기이
한 모습들 속에 누가 숨어 있는지를 알아서 추측해 볼 필요가 있을 것이다. 크
고 작은 동물들이 함께 식사를 하는데, 그들의 잔치는 중단된다. 어떻게? 누구
에 의해? 왜?

　미셸 세르는 책의 마지막에서 소크라테스를 악마로 규정한다. 이 소크라테
스의 초상에 이르기까지의 긴 ‘산책’이 기식자라는 화두를 중심으로 펼쳐진
다. 세르는 기식의 논리를 라 퐁텐의 우화로부터 시작하여 성서·루소·몰리
에르·호메로스·플라톤 등의 세계를 섭렵하면서 펼쳐내고 있다. 뿐만 아니라
그는 경제학·수학·생물학·물리학·정보과학·음악 등 다양한 분야를 끌어
들여 기식의 관계가 모든 영역에 연결되고 있음을 드러낸다. 특히 루소를 기식
자의 한 표상으로 설정하면서 그가 주장한 사회계약론의 배면을 그의 삶과 관
련시켜 흥미진진하게 파헤치고 있다.

　기식자는 취하면서 아무것도 주지 않는다. 말·소리·바람밖에 주지 않는
다. 주인은 주면서도 아무것도 받지 않는다. 이것이 불가역적이고 되돌아오지
않는 단순한 화살이다. 그것은 우리들 사이를 날아다닌다. 그것은 관계의 원자
이고, 변화의 각도이다. 그것은 사용 이전의 남용이고, 교환 이전의 도둑질이
다. 우리는 그것으로부터 기술과 사업, 경제와 사회를 구축할 수 있거나, 적어
도 다시 생각할 수 있다.